U0535300

趙建

紫图图书 出品

如花在野

温柔热烈

赵健 著

广东人民出版社

·广州·

自序

我们一生的遭遇似乎总是鬼使神差,你能遇见谁,往往决定了你能成为谁。

我清晰地记得,几年前,第一次去南京大学鼓楼校区家属楼看望杨苡老师的情景。院子里的腊梅在雪中绽放,杨苡老师早早坐在客厅里,等候我这位"小友"的拜访。彼时已一百零一岁高龄的她,正戴着金丝眼镜翻看报纸,桌上放着一瓶她特意给我买的可乐。那个下午她说了好多话,至于具体说了什么,我已经记不清了,都是大时代里的山河岁月,但我永远记得那些老式家具在暖色灯光下散发的温馨气息。这种平静从容的气息,时常提醒我要变得慢一点,再慢一点。

几年以后，我把杨苡老师的故事拍成了短视频，没想到引起空前关注，人们在这位百岁翻译家的身上看到了生命的韧性与美好。从杨苡老师开始，我仿佛推开了一扇全新的窗子，窗外是一个个傲然挺立的传奇女子，她们的生命故事迷人而浓烈。遇见她们，是我的幸运。让我有幸在匆忙的日子里，搜刮被生活藏起来的温柔。

2022年，我在南京的一家二手书店里偶然翻到一本书——《画魂》。这本出版于四十年前的旧书，让我在书店的角落里驻足了一整个下午。书里的主人公是一个传奇女子潘玉良，她从社会最底层的茶楼卖唱女子逆袭成为第一个被卢浮宫珍藏作品的中国女画家。令我无比激动的，不仅是潘玉良跌宕起伏的人生故事，更是这么一位了不起的女子我怎么才知晓。这份激动促使我下定决心，把她的故事告诉更多的年轻朋友，也使得《画魂》这本已经绝版多年的书，剥离尘封的岁月，重新与读者见面。《画魂》的作者石楠老师发表这部作品时四十岁，而今她已八十五岁。她也没想到，时隔半个世纪，潘玉良的故事又被一个年轻人重新捡拾起来。后来，我带着石楠老师给的地址，去法国巴黎近郊拜谒了潘玉良的墓，我想告诉她：你没有被忘记。

今年五月，我应邀前往美国宾夕法尼亚大学，见证了一场特别的纪念活动。宾大在现场为林徽因补发了一张迟到了一百年的学位证书，林徽因的外孙女于葵老师作为家族代表上台接受证书。现场的数千名观众以热烈的掌声致敬中国杰出女性代表林徽因，那掌声响彻在礼堂，久久不停。在宾大的校园里，我找到了林徽因当年留学时租住的公寓楼，这栋维多利亚式的小楼在五十年前被改造成一家书店。那天我赶到时已是黄昏，门口亮起一盏灯，店主是一位满头银发的老太太，店里贴满了林徽因的照片，最显眼的书架上也摆放着林徽因的著作。一百年过去了，林徽因没有被大洋彼岸的母校忘记，她也永远是我们的榜样。若她决定灿烂，山无遮，海无拦。

近代百年，波翻浪涌，女性从未缺席。除了杨苡、潘玉良、林徽因，我想和你讲讲更多女子的传奇，她们左手科学，右手人文，追赶日月，不苟于山川。

感谢紫图的邀请，让我有这个缘分来讲述她们的故事，有机会把这本小书呈现在你的面前。而这本书也恰如一次不计成本的冒险和浪漫，除了文字，我将首次尝试用声音来为你朗读书中的故事。作为被裹挟在时代洪流中的普通人，我们似乎总是迷茫着匆匆而行，因此也期待这些历经时间淘漉的传奇女子，能让我们停留片刻，认真思考究竟何谓美与尊严。

就像书名一样，如花在野，温柔热烈。世事千帆过，前方终会是温柔和月光。生活应该是美好和温柔的，希望你也是。

赵健
2024 年 7 月于北京

Contents

七　董竹君　　她是一朵开在晴空的花，没有枝丫　　069

八　林巧稚　　她如火引，燃向黎明　　079

九　林徽因　　她是人间的四月天　　091

十　曾昭燏　　听一万种声音，她只成为自己　　103

十一　张允和　　终有日落，做她一生的断句　　113

十二　杨绛　　足够她爱这破碎泥泞的人间　　125

目录

一　王贞仪　她如流星一般，闪耀又匆忙　001

二　吕碧城　她当像鸟飞往她的山　011

三　杨步伟　玲珑遍开的春山，为她折一支自由　023

四　陈衡哲　山有山的错落，她有她的平仄　033

五　吴贻芳　命运以痛吻她，她却报之以歌　045

六　潘玉良　与其仰望星空，不如做摘星之人　055

Contents

十九　李　佩　　请以一朵玫瑰纪念她　　211

二十　蒋　英　　她是自由条件下以诚相待的水火　　223

二十一　杨　苡　　她的长夏永不凋落　　235

二十二　张爱玲　　她像词牌里无解的音格　　249

二十三　张梅溪　　那些爱情，从未老去　　259

目录

十三　宋清如　　她的爱是一场寂静的燃烧　　137

十四　赵萝蕤　　不见星河，只因心中自有皎月　　149

十五　吴健雄　　她在平芜尽处，远望春山　　163

十六　何泽慧　　她生来就是高山，而非溪流　　175

十七　潘　素　　她凭一身旧雪，沾染料峭春风　　187

十八　郑　念　　她的灵魂应如晦暗中斑斓　　199

如花在野

温柔热烈

王贞仪

1768
—
1797

她如流星一般,
闪耀又匆忙

王贞仪

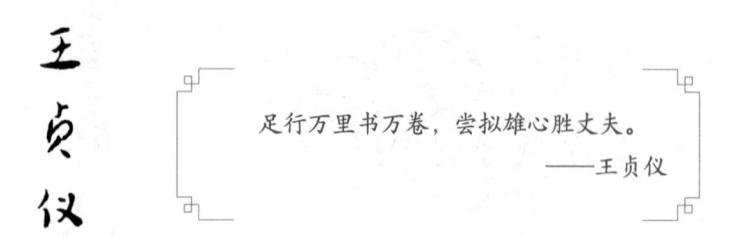

> 足行万里书万卷，尝拟雄心胜丈夫。
> ——王贞仪

提到历史上著名的女性人物，我们大多会想到东汉为兄请命的班昭，唐朝"风尘三侠"之一的红拂女，还有宋代词人李清照。可若要问起中国古代女科学家有谁，大家可能会一头雾水：中国古代还有女科学家吗？

当然是有的。

她精通数学、天文学，也擅长诗文作画。她是中国最早的一批女科学家之一，影响全世界几百年，但少有国人知晓她的姓名。

她二十多岁就成为全世界最早发现月食规律的科学家，世界权威学术期刊《自然》将她评为"为科学发展奠定基础的女性科学家"。

在"改变世界的五十位杰出女科学家"中,她的位置更是排在居里夫人的前面。夜空中,还有以她的名字命名的小行星。

她是王贞仪。

她要响彻天地的自由

1768年,也就是清朝乾隆三十三年,王贞仪出生于南京的一个书香世家。祖父王者辅官至知府,是个一心为民的清官,在历算、数学方面也颇有造诣。父亲王锡琛科举屡次不中,转投医学,成为一方名医。

清朝盛行礼教,信奉女子无才便是德。幸运的是,王贞仪的家人没有因为她是女孩而区别对待她,更不想她受礼教束缚而困顿一生,于是尽可能丰富她的精神世界。祖父教授天文知识,祖母教诗词,父亲教医术。因此,她八岁能写诗,十一岁便写得一手好文章,她熟读历朝历代留下来的医学经典,还能按方抓药,是当地有名的才女和小神医。

十一岁那年,被流放辽东吉林的祖父去世了,于是王贞仪一家人经水路北上,前往吉林。清朝女子少有出门的机会,这次远行也让王贞仪增长了见识。

在吉林为祖父办完丧事后,王贞仪一家并没有立即返回,而是

在吉林生活了五年。祖父去世时留下了七十五柜藏书，除了诗词歌赋外，更多的是一些理科读本，其中不仅有元朝郭守敬写的《授时历》，还有清代数学名家明安图撰写的《割圆密率捷法》。王贞仪读得津津有味。她知道想要有所成就，光靠家庭环境是不够的，所以她格外努力，用短短五年时间就读完了祖父的藏书。

结束了客居吉林的生活，十六岁的王贞仪又跟随父母一起四处行医，踏遍了大半个中国，秀丽山河尽收眼底，风土人情尽心感受，因此她拥有了比常人更为深远的思维、更为宽广的格局。在相对自由的环境下长大的王贞仪，除了医学外，还培养了广泛的爱好，她善骑射，会诗赋，精历算，还知天文。

不过，她最终能成为一位学识过人的科学家，除了大量的阅读积累与丰富的游历经验之外，还离不开好奇心的驱动。别人看到星星，只觉得那是会发亮的小东西，而王贞仪仰望着星空，却在思考星星是怎么产生的？为什么会发亮？为什么每颗星星的位置都不一样？

在强烈的好奇心驱动下，王贞仪开始了天文探索之路，最令她好奇的还是月食现象。王贞仪看过张衡的《灵宪》后，就对月食的形成产生了疑问。月食发生在夜里，而晚上看不见太阳，如果地球和月亮之间真的隔着一个太阳，那么太阳的光，是怎样到达月球的呢？

她查遍古籍，苦思冥想仍不得其解。直到元宵夜，她偶然看见镜子上映出的花灯的影子，于是得到启发，立即回到闺房，挂起一盏水晶灯充当太阳，把圆桌看作地球，自己则手持镜子当作月亮，反复移动，以此来模拟月食的形成过程，终于勘破了月食的奥秘。

她写下了颇有分量的文章《月食解》，用通俗的语言告诉老百姓，月食是怎么形成的。全世界最早且准确的月食成因的解释，就是由这位年仅二十岁的中国少女给出的。

为尘世昏沉借一束天光

她坚持每天观察天象，记录行星轨迹，写下了《经星辩》，正确推导了金、木、水、火、土五大行星的旋转方向。

接触到哥白尼的理论之后，她又创作了《地圆论》。她是当时中国唯一一个结合宏观和微观来解释人眼所见天圆地方原因的科学家。

古时，王贞仪作为一位女性来研究天文学、科学，其困难程度是我们难以想象的。况且彼时，天文气象都属皇家学问，民间不得擅自研究，她只能偷偷进行，没有科学仪器，她只能就地取材，利用身边的一切。但就是这样，她凭着一腔热血逆势而行，做出了成绩。

除了在天文领域造诣颇深外，王贞仪最喜欢的还有数学。祖父精通历算，留下的书籍也多是关于历算的，从《周髀算经》到《测圆海镜》，历朝历代的算数典籍，王贞仪都有涉猎，特别是清朝数学家梅文鼎所著的《勾股举隅》，她更是反复研读。

对于书中无法理解的问题，她还会虚心向梅文鼎后人请教，并在梅先生著作的基础上写出《勾股三角解》，让勾股定理变得更加通俗易懂，更有利于儿童的算数教学。此外，王贞仪还著有许多关于筹算的书籍，包括《西洋筹算增删》《象数窥余》《术算简存》等。只可惜这些书籍虽然很早将西方的筹算引入到了东方，但是由于太过繁琐，直到一百年后，东西方四则运算才统一起来。

科学的价值观让王贞仪看到了世人的愚昧，她凭一己之力扭转了整个时代的偏见。当知识分子们为中学西学站队争吵时，她说，不必吹捧，也不必有偏见。中西结合，取长补短，洋为中用，大家都是为了追求真理，中或西不过是手段或名字而已。

她甚至打破旧规则，开私塾，招收男学生。离经叛道、敢怒敢言的王贞仪，惹恼了很多人。有人说她丧失了闺阁之中的本应面貌，嘲笑她都不像个女子了。

王贞仪则满不在乎，男人、女人有什么区别呢？大家都是人，学问不只为男人而设，而女人的智慧也不比男人少。

时代的局限，再加上女子身份，王贞仪经历的许多辛酸苦楚，难为外人道。好在她意志坚定，只需一投身自己的事业中，就无法自拔了。她知道自己必须将这些研究成果写下来，留给后人评说。可其中还有许多在当时无法公开发表的内容，她只能把它们手写成册，只为能有机会流传下去。

暗淡的时代与璀璨的星光

二十五岁那年，王贞仪遇见了贫寒但全然懂她的秀才詹枚。

王贞仪嫁给詹枚后，仍坚持在天文和算术领域进行研究，偶尔也会和当地名流进行讨论，她的一些成果也通过笔友流传到了国外。而詹枚仰慕王贞仪的才学，甘愿为她打下手。

就这样，王贞仪在天文和数学上接连取得突破，相继写出好几本著作。每当看着妻子挑灯手著文集和书稿时，詹枚总有种说不出的心痛，如果不是因为她是女子，她的著作早就能刊印成册，也不用这么辛苦地一本一本地手写了。

王贞仪看着一直陪在身旁无怨无悔的丈夫，心中充盈着感动与温暖，回想起当年的誓言："足行万里书万卷，常拟雄心胜丈夫。"为了在这样的时代不输男子，这条路她就必须走下去。

王贞仪的传世著作《德风亭初集》，在夫妻二人的通力合作下完成了。

可惜婚后仅仅四年，王贞仪就因为长年刻苦钻研，劳累病倒了。她作为医者，心中早已知晓自己的病情，看着丈夫坐在床头，一口一口地给自己喂药，她一把拉住丈夫的手，满眼不舍，满心离愁。

在病重之时，她最放不下的仍是她的作品。她担心自己去世后，留下的著作因涉及当时被禁学的天文历法而连累家人，于是她只能忍痛将很多作品烧毁。幸好，还有一部分她实在舍不得毁掉，就将这些文稿托付给自己的好友，这才得以留存后世。当安排好一切之后，不久，王贞仪离开了人世，时年二十九岁。

在两百多年后的今天，王贞仪在科学领域上的贡献，得到了西方学术界的推崇。世界权威科学期刊《自然》，曾将王贞仪评选为"为科学发展奠定基础的女性科学家"。根据现有的统计，在短短二十九年的生命历程中，王贞仪在天文、科学、数学、诗词等领域的著述有五十六卷之多。

她是一位伟大的女性，是现代科学的启蒙者，是追求真理的殉道者。在走过人生的第二十九个春秋后，她像流星一般闪耀却又匆忙地划过了天际。

她没有照片，但许多艺术家们都凭借想象，描摹着她的样子，无一不是身着中国传统服饰，手持望远镜的形象。这些画像在提醒我们，在我们的国度曾诞生过这样一个女中英豪，她值得成为更多人的女神。

2000年2月8日，北京天文台发现了一颗小行星，最终国际天文学联合会，决定以"王贞仪"的名字命名这颗小行星。

虽然一生如流星般短暂，但她给后世留下的精神财富却仿若永远璀璨的星空。

如花在野 温柔热烈

吕碧城

1883
—
1943

她当像鸟
飞往她的山

吕碧城

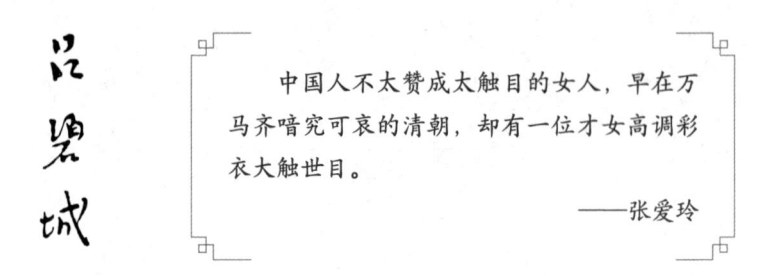

> 中国人不太赞成太触目的女人，早在万马齐喑究可哀的清朝，却有一位才女高调彩衣大触世目。
>
> ——张爱玲

在传奇盛出的时代，她是风雅独步的才女，亦是叱咤风云的巾帼。

作为中国第一位女记者、女编辑，二十三岁的她已成为大学校长；作为商界精英，她深谙陶朱之术，却把所有财富捐给国家；作为女性运动的先锋者，她与秋瑾齐名，并称"女子双侠"……

这些成就，足以让人望尘莫及。但回望悠长岁月，人们最津津乐道的却是她一生未婚的抉择。

有人称赞她是"女性楷模"，亦有人调侃她是"民国剩女"。而无可厚非的是，这个从不迎合世俗的女子，凭一身倔强与凛冽，活成了传奇。

她是吕碧城。

夜雨谈兵，秋风说剑

1883年，吕碧城出生于安徽一户书香世家，父亲吕凤岐是光绪年间的进士，母亲严氏也是大家闺秀。五岁那年，全家人一起游园，父亲随口吟了一句"春风吹杨柳"，吕碧城便不假思索地以"秋雨打梧桐"相对。父亲很是惊喜，没有想到女儿竟有如此才思，堪比谢道韫。

于是在父亲的有意栽培下，年少的吕碧城便饱读诗书，作画吟诗无一不佳，成为名动一方的才女，其所作之词亦被争相传诵：

绿蚁浮春，玉龙回雪，谁识隐娘微旨？夜雨谈兵，秋风说剑，梦绕专诸旧里。把无限忧时恨，都消酒樽里。君认取，试披图英姿凛凛，正铁花冷射脸霞新腻。漫把木兰花，错认作等闲红紫。辽海功名，恨不到清闺儿女。剩一腔豪兴，聊写丹青闲寄。

当时有"才子"美称的樊增祥读了吕碧城的诗词后，更是拍案叫绝。而当有人告诉他这是出自一位少女的作品时，他一时不敢相信,如"夜雨谈兵,秋风说剑"这般妙句,竟然出自一个小女孩之手。

受时代背景所限,即便开明如吕家,在儿女嫁娶之事上仍秉持着老一套的观念。早在吕碧城十岁那年,家中便给懵懂的她定下了娃娃亲,对方正是汪家之子。定亲后,两家交往频繁,相处融洽。父亲吕凤岐也认为汪家是个好人家,父慈子孝,女儿将来嫁给这样的人家定能幸福美满,安度此生。

然而,世事如冰,命运难料。吕碧城十二岁那年,父亲突然病逝,家里一母四女,孤苦无依。同族的亲戚觊觎吕氏家财,便想方设法地威逼她们放弃财产。可向来性格倔强、不肯轻易服输的吕碧城没有退缩,她给父亲的亲故写信,四处奔波,请他们为自己主持公道。就这样,在吕碧城的争取下,吕家的财产纷争最终得到了较为公正圆满的解决。

吕碧城面对困境时表现出了超乎年龄的镇定与睿智,着实令人钦佩。不过也正因为如此,与她有婚约的汪家却担心她个性太强,不服管教,遂与吕家退婚。彼时正值清末民初之际,多数人仍认为女子的名节是天大的事,未出闺阁便被退婚,对于女子而言更是莫大的羞辱。面对如此非议,吕碧城却没有就此沉沦。她发愤图强,用功读书,誓要改变女性身不由己的命运。

在处理好家产的事后,吕碧城和母亲严氏前往塘沽,投奔时任八品盐运使的舅舅严凤笙。在这里,吕碧城算是过了几年安稳日子。可随着时间的推移,舅舅家中有人开始嫌弃吕氏母女是累赘。寄人篱下的吕碧城尝遍了人间冷暖,也更坚定了她自立自强的决心。

1903年,吕碧城有意到天津市内探访女学。舅舅却对此表示反对,并指责她一个被退婚的女孩子,还要抛头露面,败坏门楣,甚至强硬地阻止她登上前往天津的列车。

但已然觉醒的吕碧城,断然拒绝屈从于封建思想的束缚,毅然决然地从舅舅家逃离出来,一个人登上火车,从此漂泊,决不回头。

做如虹的剑和不俗的诗行

吕碧城没有旅费,只好躲躲藏藏,一路逃票,十分艰难。好在遇到了佛照楼的老板娘,对方怜惜她多舛的命运,不仅为她补好车票,还让她住在自己家中。

在老板娘家小住一段时间之后,吕碧城不忍继续叨扰,就向同在天津的旧交方太太写信,望能得其援手。未曾料想,她因此遇见了人生中最重要的一位贵人。

方太太当时恰好在《大公报》工作,而这封信自然也被《大公报》的创始人兼主笔英敛之注意到。他特别欣赏吕碧城的才气和胆

识,又见她信中的字迹和措辞都颇具功底,于是决定招募她到《大公报》任职。就这样,吕碧城成为中国历史上的第一位女编辑。

吕碧城深知这个时代下女子生存的艰难与不易,于是便在《大公报》上宣传女学思想。她提出,中国四万万同胞有一半是女性,在革命浪潮中,若是舍弃这一半同胞,那么就等于放弃了一半的革命力量。而后,她还发表了一系列影响力极大的文章,推动了女性主义在中国这片广袤之地的传播。

当吕碧城的作品不断登上《大公报》的版面,并广受好评之时,另一位"碧城"也坐不住了。这天,一位读者来到报馆,点名要见吕碧城。只见这位读者头上梳着女性发髻,身上却是一袭男装,竟是大名鼎鼎的女侠秋瑾。

原来,秋瑾常以"碧城"为笔名发表一些诗文作品,在文人圈内已小有名气。而当她看到《大公报》上有另一个"碧城"佳作迭出时,很是意外,细细读过其作品后又被其中的思想与内涵所触动,很快就成了吕碧城的"粉丝"。如今登门拜访,也是想来见一见这位与自己有同名之缘的女编辑。

两个本就志趣相投的人,自然一见如故,迅速相熟相知起来。秋瑾见吕碧城果然志存高远,如其文章一般,便爽快地说:"碧城这个名字,从今以后就给你用了,我不会再用了。"因这同名的前缘,二人被并称为"女子双侠",此后,这两位不肯被束缚在旧观念中优秀独立的女性,更是为中国女子的解放做出了巨大贡献,当得起"侠"之称谓。

不过,两位女侠的交往似乎一直不咸不淡,虽然两人诗词绝佳,但从未见有书信唱和。都说君子之交淡如水,的确,文人相交总有一种微妙的气氛在,或许正因都才气如虹,难免忌惮彼此的剑影寒光。

几年后,秋瑾罹难,年仅三十二岁。吕碧城却冒着杀身之险,把秋瑾的遗体收殓安葬并写下《革命女侠秋瑾传》,此文一经发表,便引起空前反响。文中回忆了她与秋瑾的交往过程,表达了无限哀思,也流露出些许困惑。

除结识秋瑾外,吕碧城在报纸上的高谈阔论,也吸引了当时精英阶层的注意,其中不乏袁世凯之子袁克文、李鸿章之侄李经义等青年才俊。他们为吕碧城的才情和容貌所吸引,时常与她诗词唱和,谈论时政。

在英敛之的推荐下,吕碧城结识了袁世凯,并参与筹办了北洋女子公学,在当年九月出任女子公学总教习,成为中国近代教育史上第一所女子师范学堂的校长。这一年,她只有二十四岁。在女子公学教书的时候,她积极推行学制改革,邓颖超、刘清扬、许广平等都是她的学生。

袁世凯就任大总统后，吕碧城更是成为他的机要秘书，在政坛也有了一席之地。然而，她的政治生涯没能持续多久。几年之后，袁世凯公然准备复辟称帝，吕碧城深感失望，索性急流勇退，远离庙堂，不再入江湖。

那年，无事一身轻的吕碧城与诗友游历杭州，路过西泠桥畔的秋女侠祠，再度忆起那位同名老友，旧伤新愁，难以言表，只得赋诗一首，题为《西泠过秋女侠祠次寒云韵》：

松篁交籁和鸣泉，合向仙源泛舸眠。负郭有山皆见寺，绕堤无水不生莲。

残钟断鼓今何世，翠羽明珰又一天。尘劫未消惭后死，俊游愁过墓门前。

此时距秋瑾被害已近十年，清朝旧制已被推翻，而新生的民国却不尽如人意，你方唱罢我登场，从上到下一片纷乱。而三十四岁的吕碧城，亦不再是那个满腔热血、以笔为矛的青年女编辑了。浮生于世，强自欢颜，只剩一句"惭后死"得以自述。此时此刻，这一个"碧城"的顿悟，或许也不再是那一个"碧城"所能理解的了。

逝者已逝，活着的人却还要继续走下去。

很快，想清楚一切的吕碧城决然前往上海，投身商界，凭借超凡的才干、过人的胆识和一腔江湖义气，很快就成为富甲一方的女商人。

独一而不附属的生命

"生平可称许之男子不多，梁任公早有妻室，汪季新年岁较轻……张謇曾给我介绍过诸宗元，诗写得不错，但年逾不惑，须眉皆白，也太不般配。"

这天，曾任民国外交总长的叶恭绰及其他友人来拜访吕碧城。老友相聚，煮一壶热茶，话匣子就打开了。

吕碧城容貌秀丽、谈吐不凡，在场的所有人都不自觉地被她吸引，而这样一位优秀明媚的女性却一直独居。席上有人忍不住问她为何不成家，吕碧城便带着半分玩笑地给出了上面的答案。

的确，吕碧城才貌双全、胆识过人，无论是在学界、政界，还是商界，都混得风生水起。在那个清一色穿旗袍的年代，她却敢穿露背装，甚至曾以一袭孔雀纱裙和羽毛头饰成为舞会的焦点。这般光彩夺目的女子，从来不会缺少追求者。

《大公报》的创始人英敛之在与她交往的过程中心生爱慕，对她

"怨艾颠倒,心猿意马",却无奈自己早有家室,而吕碧城在发现英敛之的心思后也与其保持距离,让这段感情止乎于礼。

此外,袁世凯的二公子袁克文也曾对吕碧城穷追不舍,二人经常在一起谈论诗词。当时,有人见二人志趣相投,便有心撮合,但吕碧城却说自己与袁克文只是知己,不能成为伴侣。无论是否曾有心动,绯闻众多的袁克文都绝不可能做到吕碧城对于伴侣所要求的忠诚。因此,二人的结局也只能归于"错过"二字。

只能说,吕碧城活得太通透了。她看透了十里洋场的逢场作戏,只想寻觅一位灵魂伴侣,得之我幸,不得我命。物质上,她财富充裕,精神上,她高度独立,不必赌上半生去依靠谁,更不屑于向他人祈求安全感。尽管她对婚姻是渴望的,但她决计不肯降低自己的要求,宁愿将独身进行到底。

后来,吕碧城远渡重洋,去往美国哥伦比亚大学学习,四年后回到国内,短暂休整了一段时间后,再度远赴欧洲。直到抗战爆发,她才回到香港,多次捐款帮助流离失所的难民。四十七岁那年,她皈依佛门,以法名"曼智"修行,在全世界巡回演讲,传达慈悲理念。直到1943年,六十岁的吕碧城在诵经声中含笑往生。

直到今日,吕碧城在婚姻上的遗憾仍是很多看客们茶余饭后的谈资。他们说,吕碧城终身未嫁,人生不算完满。可若单以婚姻生活的缺位而攻击他人，又怎么不算失之偏颇呢？

吕碧城切身体会过旧时代对女性的压迫，于是以笔为矛，向大众宣传女性的解放。在她的努力下，越来越多的女性开始独立，走向自我发展的道路。这样志存高远、有才有貌的女子，若一生困顿于家庭琐事中，才真是大材小用。

想来，她这一生潇洒肆意，鲜衣怒马，唯独不曾轰轰烈烈爱过一场。可是，于吕碧城而言，或许这并不是那么重要的事。

她临终前立下遗嘱，把全部财产捐赠给国家和社会，并作绝笔诗一首：

> 护首探花亦可哀，平生功绩忍重埋。
> 匆匆说法谈经后，我到人间只此回。

不乱于心，不愧于情，一如既往地保持独立与清醒。生如夏花之绚烂，死若秋叶之静美，亦是对这位女权先锋最完美的诠释。

如花在野

温柔热烈

杨步伟

1889
—
1981

玲珑遍开的春山，
为她折一支自由

杨步伟

> 女子者，国民之母也。
> ——杨步伟

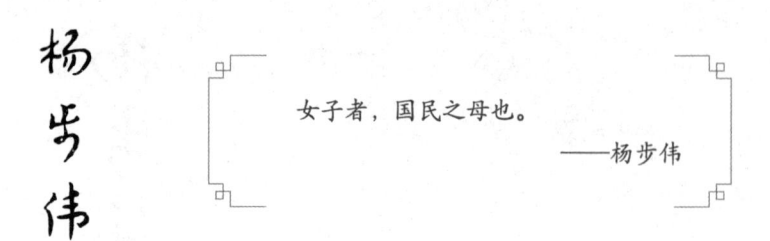

在中国历史上，民国是一个特别的时期，思潮涌动，人才济济，短暂却耀眼。

这个时期的中国女性开始与封建落后的思想抗衡，她们积极追求女性在教育、婚姻和职业上的平权。这条挣脱传统礼教束缚、艰难求变的道路上，出现了一位极具代表性的人物。

她是中国第一个医学女博士，从小好男装，潇洒豪爽，志向不输男儿。

她十九岁退婚，三十二岁嫁给"旷世奇才"，后又将四个女儿培养成"超级学霸"。

傅斯年曾这样评价她："新时代的女中能人，是豪杰，是英雄。"

她是杨步伟。

巾帼可擎半边天

1889年,杨步伟出生在南京的一个大户人家,她的祖父是中国现代佛教复兴之父杨仁山。她一出生就被过继给了无子的叔叔,拥有双父母,而在未出生前就被父母指腹为婚,与她姑母家的孩子许下婚约。杨步伟原名兰仙,至于"步伟"这个名字,是她的同学兼好友林贯虹为她起的。后来林贯虹因病去世,为纪念好友,她正式易名为"步伟"。

杨步伟虽身处闺阁,魄力与胆识却高出旁人一截,是个与众不同的名门小姐。到了该缠足的年龄,她坚决不从,并据理力争:"朱元璋的原配夫人马氏就是大脚,行得稳,站得直,走得远,上得了高楼,下得了河流。"不缠足的杨步伟不爱女装爱男装,活泼淘气,被家人宠溺地称为"小三少爷"。父亲一直觉得她"刚强得像个男人",祖父也曾说过:"我的孙女虽说是女子,志气却胜过男子。"

后来,杨步伟到湖南时务学堂求学,当时正在坚持改革求新的梁启超恰好成为她的国文老师。受到新式教育的影响,男女平等的观念深深地刻在杨步伟的脑海里,也影响着她对婚姻大事的选择。杨步伟十六岁那年,南京开办了旅宁女校,她前去投考。面对"女子读书之益"的作文题目,杨步伟在开篇便写下了一句石破天惊之语:"女子者,国民之母也。"校方为这样的胆略感到惊讶,也为其中的女权思想所震撼。

入学之后,杨步伟的成绩非常好,她在专注学业的同时也兼顾兴趣爱好。她经常在学校表演钢琴独奏,得到众多同学和老师的赞赏。姑母知道后写信给她的养父,说他的女儿在"卖唱",不满地质问:"我家将来要娶个卖唱的媳妇了?"杨步伟本就不喜欢这门由父母安排的亲事,又加之与姑母的旧思想不相容,她不甘心就这样被命运束缚,因此下定决心要退婚。

退婚并不是一件容易的事,在当时的时代背景下,鲜有人有勇气反抗包办婚姻,但杨步伟不怕。她写信给祖父,提出退婚的想法,主张终身大事要自己做主。祖父是个见多识广、豁达明理的学者,思虑再三后决定支持孙女退婚,他认为杨步伟将来必定会有大出息,她既然已经是个成年人了,那就应当自己选择人生。

有了祖父的首肯,杨步伟便洋洋洒洒地写了一纸退婚书。姑母收到退婚书后气得暴跳如雷,回到娘家大闹一场。此事当即在十里八乡引起轩然大波,杨家父母顿觉颜面尽失,杨步伟的父亲甚至要求女儿声明今后不再嫁人。杨步伟坦然拒绝:"那太可笑了。第一，我不要有条件地去改革婚姻制度；第二，他也不见得为着和我退了婚将来就不娶，我何必白贴在里头呢？第三，因为这个缘故，我更应该嫁才能给这个风俗打破。但是我嫁不嫁需看我将来认识的人而定。"最后由祖父出面，这段婚约就此作废。

杨步伟不愿自己被世俗的枷锁困住，她既是在为自己抗争，也是在为天下的女子争夺公平的权利，她的坦率勇敢令人敬佩。千百年来社会用来禁锢女性的女德思想，在杨步伟的退婚书中开始瓦解，一个女性独立自强的新时代逐渐萌芽。

因为名声远播，刚刚毕业的杨步伟被邀请去担任崇实女子中学的校长。她赴任后将学校的各项事务管理得井井有条，这个初出茅庐的女校长，最终赢得了所有人的肯定。当时军阀割据，时局动荡，一次，学校附近的叛军因军饷分发不均而发生暴乱，将学校包围。杨步伟处变不惊、临危不乱，凭借自己的智慧和勇气平息了兵变，保护了全体师生。事后，当初邀她任职的安徽督军柏文蔚对她鞠了三个躬，称赞她："杨先生可以做女军长了。"

后来二次革命爆发，学校被迫解散，时局日益混乱，当时的政府提倡向西方学习，"师夷长技以制夷"，杨步伟为寻救国之道，远渡日本学医。1919年，在东京帝国大学医科获得博士学位后，杨步伟回国与同学合伙创立了中国第一家私立医院——森仁医院。杨步伟不仅是中国第一位医学女博士，也是中国第一位医院女院长。

新式婚礼，美满姻缘

1920年的一个晚上，杨步伟和朋友聚会时遇见了赵元任。赵元任是才华横溢的语言学家，与梁启超、王国维、陈寅恪并称"清华国学四大导师"。杨步伟被赵元任的风度与谈吐吸引，而赵元任也被杨步伟的才情和率真折服。从此以后，他们经常在杨步伟的医院相见。两人的感情日渐升温，终于在一个阳光明媚的日子里，赵元任向杨步伟表白了。一个是温厚淳朴的谦谦君子，一个是坚毅果敢的女中豪杰，就这样，两个性格迥异的人相知相爱了。

一年后，杨步伟和赵元任正式迈入婚姻的殿堂。在讨论结婚事宜时，两个人的想法一致，他们决定不办婚礼，低调结婚。两人没有大办宴席，也没有宴请宾客，只是跑到定情的地方拍了几张合照，给亲友们发了一份只收祝福、不收礼金的通知，当天只邀请好友胡适和朱徵，吃了顿可口的饭菜。席间杨步伟与赵元任拿出一张自制的结婚证书，上面贴着四毛钱的印花税，请胡适和朱徵签字，做他们的证婚人，就这样完成了这桩人生大事。他们的婚礼简单、新颖、脱俗，和封建旧俗的繁缛拖沓完全相悖。这样特殊的结婚仪式，在当时刮起了一阵飓风，还上了晨报的头条，成为一段佳话。

婚后，赵元任一度游学法、德、英等国，1925年回国后任清华大学教授。杨步伟则以教授夫人身份热心地做过许多公益。她募款开了一家诊所，从事节制生育工作，为穷苦人服务；她和几位太太集资做股，为进城不便的清华师生办公共汽车；为了解决清华师生的伙食问题，她筹钱办起了公共食堂。她不图一分私利，不断为别人谋福祉。

1938年，赵元任赴美任教，杨步伟随丈夫定居美国。当时搞学问的赵元任收入并不高，各方面的生活压力都不小。对此，杨步伟并没有抱怨，也没有把生活的压力全部压在丈夫身上。为了补贴家用，她不惜变卖自己全部的贵重饰物，到后来干脆用分期付款买来的缝纫机做起了女工。她把从国内带去的衬裙、绣活儿全部做成了手袋，然后拿到美国太太的茶会上去卖，这些带有中国元素的漂亮手袋很受欢迎。如此一来，不仅解决了一家人的吃饭问题，还练就了一手绝活，她对此颇为得意。

杨步伟全心全意地照顾家庭，在她的教育之下，四个女儿都是

人中翘楚。大女儿赵如兰，毕业于哈佛大学，是哈佛首位华裔女教授。二女儿赵新那，也毕业于哈佛大学，是一位著名化学家。三女儿赵来思，毕业于加州大学伯克利校区，是康奈尔大学的教授。四女儿赵小中，毕业于康奈尔大学，后任职于麻省理工学院。

杨步伟早先是医学博士，对饮食颇有研究，她还专门写了一本《中国食谱》，详细介绍了中国各地的菜谱和饮食文化，开创了中华饮食营养学的先河。图书出版后在华侨、华人聚居区广受欢迎，成为中餐厅老板、厨师和家庭主妇的必读书。此书在欧美持续畅销数十年，成为西方人了解中国美食的"圣经"，让中国美食走向了全世界。

杨步伟酷爱写作，她以《一个女人的自传》和《杂记赵家》回顾了自己丰富的一生，也为逝去时光留下许多细节饱满的侧影。前者详尽描绘了清末一个士绅家庭的生活画卷，其中黎元洪、谭嗣同、张勋等人跟她祖辈、父辈是师友关系，因而这些历史人物有了与史书中截然不同的亮相方式；后者涉及赵元任与胡适、傅斯年、梅贻琦等大量朋友的交往，而他们恰好是中国近现代文化史上的重量级人物。杨步伟在不经意之间，为这段文化史添加了饶有趣味的注脚。

在携手相伴的岁月里，杨步伟不仅仅是赵元任的妻子，更是他的医生和外交官。打理生活之余，杨步伟还负责照料丈夫的身体，为丈夫处理他最不擅长的人际交往。赵元任为此常称赞爱妻："她既是我的内务部长，又是我的外交部长。"在杨步伟的羽翼护佑下，赵元任在各个领域都有所建树，成为学贯中西的一代学术宗师，这些成就背后最大的功臣非杨步伟莫属。

1971年6月1日是杨步伟与赵元任的金婚纪念日。当天来了很多朋友，还有学生，杨步伟心满意足，赋诗一首："吵吵闹闹五十年，人人都说好姻缘，元任欠我今生业，颠倒阴阳再团圆。"看着心爱之人兴致颇高，丈夫赵元任即兴附和一首："阴阳颠倒又团圆，犹似当年蜜蜜甜，男女平权新世纪，同偕造福为人间。"

跨越山河与岁月，他们牵手六十年。1981年，九十二岁的杨步伟与世长辞，赵元任痛哭不止，他在写给朋友的信中说："我从今以后，再也没有'家'可以回了，有她的地方就有'家'，没有她的地方我就没有'家'。"次年初，赵元任在美国逝世，享年九十岁。

生于乱世的杨步伟，用智慧为自己赢得一个美满的人生，也用她的精神为那个时代的女性照亮一条未来之路。

如花在野

温柔热烈

陈衡哲

1890
—
1976

山有山的错落,
她有她的平仄

陈衡哲

> 我希望能做一个屏风,站在你和社会的中间,为中国来供奉和培养一个天才女子。
> ——任鸿隽

她是中国第一位大学女教授,培养出了林徽因、张爱玲、谢婉莹等一众才女,被称为"才女之师",但很多人却并不熟悉她的名字。

她还是中国第一位白话文女作家,民国女性主义先锋人物。从立志独身到结婚生子,她对于爱情和婚姻始终保持高度清醒。

晚年的她经历了不公平的待遇却依然对未来充满信心,她曾说:"中国人喜欢一时冲动,但不会一直头脑发热。"

她就是一生堪称"造命"的传奇女子——陈衡哲。

命运的错落，从自我选择开始

1890年，陈衡哲出生在江苏武进的书香门第。她的祖父曾担任翰林院庶吉士，父亲是晚清时期的举人，颇有学识，母亲出身于江苏名门望族，擅长作画与书法。陈衡哲自幼受到良好教育，四岁就开始读《黄帝内经》和《尔雅》。

当时的社会普遍认为女子脚小才漂亮，天足会被人耻笑，对于陈家这样的传统书香名门更是如此。八岁的陈衡哲也被母亲强制着缠上了长长的裹脚布，但骨子里不服输的陈衡哲可不想一辈子被困在斗室之中。她趁着母亲转身走开，立马解开裹脚布。

就这样裹了拆，拆了裹，折腾了数个回合，女儿反抗的力量超过了母亲要为其裹脚的决心，遂就此作罢。彼时，年幼的陈衡哲还不知道，正是这双"天足"让她在未来得以拥有行走四方、求学海外的自由。而命运的转变与错落，皆从自我选择开始。

陈衡哲十三岁那年，她的父亲要去四川做官，母亲随行，舅舅便建议陈衡哲跟随自己去广州上学。舅舅庄蕴宽是当世著名画家，更是故宫博物院创始人之一，彼时正在广州任职，思想开明，见识丰富。

舅舅曾经告诉她："世人对于命运往往有三种态度，其一是安命，其二是怨命，其三是造命。衡哲，我希望你能造命，我也相信你能够造命。"这句话就像一盏明灯，照亮了陈衡哲的一生。

陈衡哲在《我幼时求学的经过》一文里回忆舅舅时，说："他对于现代的常识，也比那时的任何尊长更丰富，故我从他的谈话中所得到的知识与教训，可以说比从书本上得到的要充足与深刻得多。经过这样一年的教诲，我便不知不觉地，由一个孩子的小世界中，走到成人世界的边际了。我的知识已较前一年更为丰富，自信力也比较坚固，而对于整个世界的情形，也有从井底下爬上井口的感想。"

为了见识大宅门之外那片更为广阔的天地，陈衡哲决定暂别父母，只身前往广州读书。

当时，广州招收女生的学校只有一所女子医学院，可当陈衡哲去报名的时候，才发现学校只收十八岁以上的学生，无奈之下她只好先住在舅舅家，由舅舅教授她国文。但陈衡哲向往学校，不愿意天天待在家里读书。于是舅舅将她送至上海，委托朋友代为照顾，并推荐她进入上海爱国女校学习，当时这所女校的校长正是蔡元培。

但不凑巧的是，学校此时已经放假，陈衡哲只好在表哥的安排下就读上海女子中西医学堂，学习中医、西医和英语。虽然陈衡哲不喜欢学医，但她在这所学校打下了坚实的英语基础，为之后的赴美留学创造了机会。

生命久如暗室，她在书中找寻春光

毕业这一年，接到父亲的信后从上海赶回四川的陈衡哲，发现父亲竟为她物色了一门亲事。在父亲的眼中，婚姻就是父母之命、媒妁之言，更要讲究门当户对，唯有出身官宦世家的富贵公子才算是女儿的好姻缘。

但是陈衡哲对这种包办婚姻持极力反对的态度。她认为，婚姻是建立在感情基础之上的，没有感情的婚姻不过是形式主义。另外，陈衡哲在学医时曾目睹妇女分娩的痛苦场面，因此结婚生子也在她心中落下了极深的阴影。

陈衡哲坚定地回绝了父母的好意，她说："第一，已婚女子没有人能够享受多少自由；第二，我不想经历分娩的痛苦；第三，我无法忍受和一个陌生人结婚。"

面对父母的不理解，陈衡哲依然不改自己的选择。她觉得女人不应该被困在宅院一隅做贤妻良母，更要活出自己的价值，而摆脱宿命的唯一方法就是读书。就这样，这门亲事在陈衡哲的抵抗中"夭折"了。为了逃避父母的"催婚"，陈衡哲干脆躲到了乡下的姑母家。

这位姑母对于陈衡哲有着非凡的意义，她如同召唤黎明的一抹霞光，让陈衡哲更坚定了未来的道路。她在散文作品《纪念一位老姑母》中写道："使一种黑暗的前途渐渐有了光明，使我对于自己的绝望变成希望，使我相信，我这个人尚是一块值得雕刻的材料……但在那两三年中我所受到的苦痛拂逆的经验，使我对于自己发生了极大的怀疑，使我感到奋斗的无用，感到生命值不得维持下去。在这种情形之下，要不是靠这位姑母，我恐怕将真没有勇气再活下去了。"

只可惜好景不长，在姑母家住了三年后，陈衡哲迎来了人生的至暗时刻。姑母虽然懂中医，会书法，并能以此营生，但不承想她的儿媳妇和儿子竟双双染上了大烟，导致家庭收益入不敷出，生活陷入泥淖。此时，陈衡哲的父亲也失去了工作，母亲开始教画画支持家庭开支。陈衡哲只好在姑母的介绍下，到一户富人家当起了家庭教师。

这般晦暗的日子对陈衡哲来说简直度日如年，但决心"造命"的她怎会一直沉沦。即使命运将她困于暗室，她也要挣扎着在书

中找寻春光。

某天，陈衡哲在报纸上看到清华学校的招生考试信息，合格者能获得公费赴美留学的机会。陈衡哲认为这是难得的机会，却有些犹豫，毕竟考试科目中有一半是自己从未学过的。姑母知晓后，却让她无论如何都要试一下。

就这样，在姑母的鼓励下，陈衡哲参加了这次考试。好在命运永远不会苛待努力奋进者，陈衡哲成为第一批赴美留学的中国女性。

不做谁的附庸，也不是某段河的支流

来到美国后，陈衡哲也没有降低对自己的要求。她一边认真完成学业，一边坚持给留美华人创办的期刊投稿，并以一篇《莱因女士传》受到《留美学生季报》主编任鸿隽的青睐。随后，她以"莎菲"为笔名在杂志上发表了中国第一篇白话文小说《一日》，比鲁迅的《狂人日记》还早了一年。而这篇小说的发表也为她带来了一批追随者，其中就包括大才子胡适。

当时，风度翩翩的胡适，对才情卓绝的陈衡哲仰慕不已，曾多次写下诗歌以表心意。那段时间，两人书信往来十分频繁。可正当两人将要确定恋爱关系时，胡适却突然接到了母亲的一封信，母亲为他定下了一门婚事。胡适一时之间陷入两难，最终选择听从母亲的话，回国和江冬秀完婚。

得知这个消息，陈衡哲大哭一场。随即她做了一个决定，放下这段感情，放下胡适，再倾慕也不愿意插足别人的婚姻。

其实，若认真说来，陈衡哲认识任鸿隽的时间还要稍早于胡适，但与风趣幽默的胡适不同，任鸿隽性格温和内敛。辛亥革命爆发时，学贯中西的他曾担任孙中山的秘书，是辛亥革命的元老。后来袁世凯窃国称帝，任鸿隽愤而弃官去美求学。直到1916年，初次见到陈衡哲，他才知道世间竟有这般独立不凡的女性。任鸿隽后来说，自己对陈衡哲是"一见如故，爱慕之情与日俱深"。

任鸿隽与胡适是至交好友，比陈衡哲大了四岁，虽一直倾慕陈衡哲，却将这份感情藏得很深。直到胡适和陈衡哲无奈分开，他才有了吐露心迹的机会。

1919年，学成归国的任鸿隽受政府委托，前往美国考察炼钢技术。第一站，他就选择了陈衡哲所在的芝加哥。在此期间，任鸿隽不断向陈衡哲表达自己的爱慕之情。

不同于胡适的浓情蜜意，任鸿隽在与陈衡哲相处的过程中，始终给予对方宽裕的个人空间，支持陈衡哲的独立思想。他说："你是不容易与一般的社会妥协的。我希望能做一个屏风，站在你和社会的中间，为中国来供奉和培养一个天才女子。"

这场跨越三万里的真诚表白，终于打动了这位曾发誓不婚的女子的心。多年后，任鸿隽意外去世，陈衡哲写词以托哀思："何事最难忘？知己无双。人生事事足参商，愿做屏山将尔护，恣意翱翔。"足可见，在陈衡哲心中，任鸿隽不只是她的爱人，更是她的知己。

有些人因相爱而相知，有些人因相知而相爱，无论哪一种都是令人歆羡的。任鸿隽的爱是不必说出口的懂得，更是沉默无言的成全，他明白她不愿做谁的附庸，更不是哪条河的支流，她就是她，是独一无二、决不妥协的陈衡哲。

人间清醒第一流

1920年，北京大学正式开始招收女生，开创了中国男女同校的先河。同年，陈衡哲跟丈夫任鸿隽一起回国，被聘为北京大学第一位女教授，主教戏剧与西方历史课程。

陈衡哲更是凭借中国第一个女教授、第一个女硕士的光辉履历，为北京大学招收女学生营造氛围，开辟新风。无论在中国教育史，还是中国妇女史，陈衡哲的存在都像是一个宝贵的历史印记，标志着中国女性主义的觉醒。

身为一代才女，陈衡哲教出了许多日后在各行各业闪闪发光的女性学生，包括林徽因、张爱玲、萧红等。因此，她也被后人称为为"才女之师"。

后来全面抗战爆发,无数人被迫中断学业。在国破家亡的困境中,陈衡哲夫妇为了中国的教育事业辗转各地。

在任鸿隽的呵护下,陈衡哲的成就更加卓越,她受邀到西南联大举办讲座,盛名引来了大批听众,教室座无虚席,清华、北大的教授都要站在角落静听。就连周恩来在接见她的时候都说:"我是您的学生,听过您的课,看过您写的书。"

战火纷飞的年代,虽难寻安稳,陈衡哲却从未放弃对子女的教育。她对自己的三个孩子倾注了全部的心血。在她的悉心培养下,长女获得了哈佛大学的博士学位,二女儿毕业于美国瓦沙女子大学,最小的儿子也获地理学博士学位。

有人说,陈衡哲最终选择结婚生子是对不婚主义的背叛,是对社会现实的妥协。其实不然,她一直是理智至上的清醒者,从未改变分毫。

为倡导女性解放,她曾写过一本小册子。她主张男女平等,女性应自主自立,但不能因此敌视男人,因为不满就从家庭中叛逃的过激行为更是不可取的。她提倡的妇女解放,是让妇女的社会价值得到重视,但不意味着女性必须丢掉家庭价值。她认为妇女解放不是为了所谓的个人价值,孤立地对抗家庭和社会,而是要通过提高自身素质，实现与男人平等相处，给丈夫、子女、家庭，乃至社会带来良好影响，达成多赢，这才是最终目的。她明白家庭教育的重要性，更明白女性在家庭和社会中不可替代的作用。

晚年的陈衡哲双目失明，在特殊的岁月中，她收藏半生的照片、书稿、诗作全被大火烧毁殆尽。但她仍保持着独一份的清醒理智，她说："头脑发热的人也只能逞强一时，不可能长久地发热，这一切会结束的，因为历史总有它的规律。"

1976年1月，陈衡哲因肺炎逝世，享年八十六岁。

她的一生可以以这句话作注解："人的一生只有一件事不能选择，就是自己的出生，其他一切命运都是自己选择的结果。"

如花在野

温柔热烈

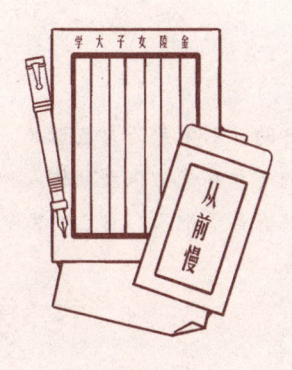

吴贻芳

1893—1985

命运以痛吻她，
她却报之以歌

吴贻芳

> 人生的目的，不光是为自己活着，而是要用自己的智慧和能力来帮助他人和社会，这样不但有益于别人，自己的生命也因之而更丰满。
>
> ——吴贻芳

她是中国第一届女大学生，第二位大学女校长。她以一己之力让金陵女子大学成为当时全球最著名的女子大学，被誉为"东方最美的校园"。

南京大屠杀期间，她冒死在校内收留了大量妇女儿童。

1945年，她出席联合国成立大会，成为在《联合国宪章》上签字的第一位女性。

在民国教育界，流传着这样一句话："男有蔡元培，女有吴贻芳。"而她一生的心愿，就是让天下的女性都能平等地接受教育。

她就是金陵女子大学校长——吴贻芳。

命运以痛吻她,她却报之以歌

1893年,吴贻芳出生于湖北武昌的一个书香世家,父亲是候补知县,母亲是温婉的大家闺秀。她出生的时候正值寒冬,腊梅芳香,父亲便为她起名叫"贻芳",别号"冬生"。

十一岁那年,吴贻芳和姐姐争取到了去杭州上学的机会,在那里,她快乐地学习了各种知识,增长了见识。不想没过几年,接二连三的厄运便降临到这个对新生活充满憧憬的女孩身上。先是吴父在官场上遭到诬陷被免职,一时想不开,选择了投江自杀。眼见家道中落,兄长无法继续学业,又无法找到满意的工作,郁郁不得志下随之投江自尽。弱柳扶风的吴母接连痛失夫与子,无法接受此等打击而撒手人寰。在为母亲守灵的夜晚,姐姐于悲痛之下也选择了悬梁自尽。

失去父亲的痛楚犹在,又接连失去母亲与兄姊,此时,吴贻芳只是个十几岁的小姑娘。悲恸与沮丧撕扯着这个年轻姑娘,痛失至亲的她整日神色黯然,紧抿薄唇,一言不发。姨父陈叔通怜她年幼丧亲,及时伸出援手将她接回家中抚养,在姨父的开导和帮助下,吴贻芳逐渐走出了悲痛。

1916年,吴贻芳考入金陵女子大学,历经四年苦读,她成为中国第一批获得女子大学学士学位的五名毕业生之一。

毕业后，吴贻芳因口语流畅被推荐赴美留学。有一次，当时的澳大利亚总理来学校演讲，言语间充满对中国的污蔑与歧视，感受到民族尊严遭到践踏，台下的吴贻芳愤然起身，怒斥道："这简直是对中国人的污蔑！"她还连夜写了文章登报反驳斥责，一时之间在华人圈引起了轰动，激起华人学生的爱国热情。

"厚生"育英才，点燃万千女性的希望

1927年，北伐战争在军事层面上取得胜利，我国提出收回教育主权，金陵女子大学校长康本德夫人离校。当时，吴贻芳正在美国密执安大学攻读生物学博士学位，她接到了母校金陵女子大学的邀请，请她回国出任校长。怀揣着对祖国教育事业的期许，吴贻芳毕业后便马不停蹄地回国上任了。

在这一年，清华大学开始招收女学生，而吴贻芳也成为中国历史上第二位就任大学校长一职的女性。这对于社会传统观念无疑又是一次巨大的冲击。"女子无才便是德"是封建社会束缚女性的枷锁，吴贻芳认为女性的独立要从教育开始，而教育的目的就是从根本改变女性对自身价值的认知。她鼓励每一个女性，永远不要放弃学习的机会，女性可以创造很多自己想象不到的价值。时代的车轮在前进，女性拥有无限的潜力，要把眼光放长远一点，不要把自己

局限在以往的时代框架里。

任职期间,吴贻芳以"为中国女子提供最好的教育"为己任,坚持"全人格教育"理念,并举"德智体美群"五育,为社会培养了一大批德才兼备的高层次女性人才。她还赋予金陵女子大学的校训"厚生"以新的内涵:"人生的目的,不光是为自己活着,而是要用自己的智慧和能力来帮助他人和社会,这样不但有益于别人,自己的生命也因之而更丰满。"

吴贻芳认为,要根据学生的需求设置专业,以生为本,为学生发展提供服务。金陵女子大学设置了当时欧美大学的大部分专业:中文、英文、历史、社会、经济、政治、哲学、宗教、音乐、体育、数理、数学、物理、化学、生物、地理、家政、医学预科、护理预科等。一次,有位女生想就读海洋专业,吴贻芳冲破重重阻力成功设置该专业,后来,这位女生更是成为中国的第一位女海洋学家。

吴贻芳提出"金陵女子大学要把注意力放在普遍提高学生体质上",因此,体育课是大学四年的必修课,不合格不能毕业。金陵女子大学定期为学生体检,每年为学生建立健康档案。对于体弱的学生,学校定期为他们免费增加营养餐。毕业生梅若兰回忆说:"我来自成都一个困难家庭,进校时体重不达标,学校下发通知,让我每天上午十点到规定地点吃营养餐,直到体重达标为止。"

金陵女子大学每年组织的"五月花柱舞会"等表演性和竞赛性的活动，吸引了众多社会名流、市民和外校学生前来观看。金陵女子大学的校园除了举办各种球类运动、体操、剑术、个人体态比赛，团体娱乐游戏，还有丹麦舞、踢踏舞、土风舞、宫廷舞等各种舞蹈社团活动。这种活泼、健康、快乐、丰富的校园文化，让金陵女子大学成为那个时代极具吸引力的都市文化展示场所。

吴贻芳就职期间曾定下一条校规：不收已婚学生，在校生若是结婚就得自行离校。在她看来，是否踏入婚姻殿堂虽是个人自由，但结婚以后，尤其是在当时家庭关系中处于劣势的女性群体，在多数情况下只会陷入家庭琐事当中，无暇顾及学业。

规矩虽定，但吴贻芳却并非死板而不知变通的人。曾有一位女学生"顶风作案"，在校期间成婚，吴贻芳将自己最心爱的胸针送给她作为新婚贺礼，同时委婉地告诉她被开除了。几年后，这位学生来信，信里提到她的丈夫在抗战中殉国，而自己有重回金陵女子大学读书的意愿。吴贻芳不仅满足了学生的心愿，还承诺由学校负责抚养她的子女。

除此之外，还有一位名为曾季肃的已婚女子从朋友处听闻吴贻芳的事迹与主张，提笔给她写信，信中坦言自己已育两子，但为摆脱封建婚姻的束缚，她仍想读书。虽然校规既定，但吴贻芳不想让任何一位追求受教育的女性失去机会,她思索良久,终是应许。曾季肃毕业后也追随她的步伐,创办了后来沪上知名的南屏女中。

在吴贻芳的管理下,金陵女子大学享誉全国,蜚声海外。当时,金陵女子大学的学生出国留学不用考什么托福、雅思,只要有吴贻芳校长签名的毕业证书,英、美等国名校都可以免试入学。

深耕象牙塔,心系家国事

1937年,全面抗战爆发,短短几个月的时间,半壁江山已然沦陷。当日军的炮火即将在长江流域轰响的时候,吴贻芳以非凡的勇气安排金陵女子大学的师生先行撤离,分散到上海、武昌、成都三地办学,后又全部迁到成都华西坝,借用华西大学的教室上课,努力创造条件让颠沛流离的学生能够继续完成学业,为多灾多难的祖国培养人才。

在南京大屠杀期间,吴贻芳组织留校的教职工把金陵女子大学改造成一座避难所,冒着生命危险,收留了南京城大量的妇女、儿童,成为南京城的守护人。抗战胜利后,金陵女子大学是南京最早复课的大学,其中更是离不开吴贻芳的努力。

因在抗战中的突出表现,吴贻芳的政治活动能力开始受到国际社会的关注。1945年,联合国制宪大会在美国旧金山隆重召开。中国代表团共派出了九名代表参会，吴贻芳是其中唯一的女性。轮到吴贻芳发言时，她沉着坚定地走上主席台，从容地从中国的历史文化说起，谈到近代中国遭受的侵略以及全体中国人民战胜敌人的决心，最后阐述了中国政府对维护世界和平的看法以及对《联合国宪章》的期待。吴贻芳代表中国发出了和平之声，赢得了会场上雷鸣般的掌声。

也是这一天，吴贻芳成为全球历史上第一个在《联合国宪章》上签字的女性。她以独特的东方气韵和优雅坚韧的形象让全世界重新定义了中国女性。就连在下面听演讲的美国总统罗斯福都忍不住称赞，她简直是一个"智慧女神"。

后来，蒋介石和宋美龄曾经两次当面邀请吴贻芳出任当时国民政府的教育部长，但她以一句"我不会做"直言谢绝。新中国成立之后，她担任了江苏省副省长、江苏省教育厅厅长。后来，金陵女子大学改名为南京师范大学，吴贻芳成为名誉校长。

1985年11月10日，吴贻芳走完了自己的一生，从三十五岁到五十八岁，她做了二十三年校长，把最精彩的人生奉献给了金陵女子大学，也把毕生心血都献给了金陵女子大学。两年后，在多方校友的疾呼下，南京师范大学恢复了金陵女子学院。

很多人都在问吴贻芳为何终生未婚，她的学生们给出了答案——因为她嫁给了金陵女子大学。

据统计，吴贻芳任金陵女子大学校长期间，这所学校共培养出九百九十九名毕业生，她们各自闪耀着光芒：成为教育、医疗、科研领域的领军人物，成为那个时代中国优秀的女性代表……人们把她们称为"九百九十九朵玫瑰"。在那个动荡的年代，面对战乱、危机和对女子教育的偏见，吴贻芳用一个女性的坚韧和勇气，一直坚守着中国女子教育的阵地，为中国的女子教育点亮了一束光。

一辈子"嫁"给了教育的"智慧女神"吴贻芳，以拳拳的赤子之心，维护了祖国的尊严；以"厚生"理念造福社会，用自己的智慧和能力圆了中国女性接受高等教育的梦想。

她把一生都奉献给了教育事业，并积极投身民族解放和社会进步的正义事业。她那独立的意识和爱国情怀，激励着一代又一代的女性，坚守信念和理想，成就自己的非凡人生。

如花在野

温柔热烈

潘玉良

1895
—
1977

与其仰望星空,
不如做摘星之人

潘玉良

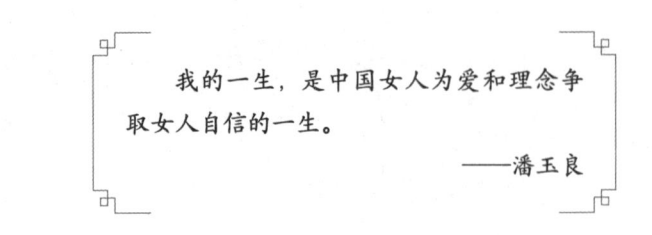

> 我的一生,是中国女人为爱和理念争取女人自信的一生。
>
> ——潘玉良

人有两次生命的诞生,一次是肉体的出生,还有一次是灵魂的觉醒。

有的人深陷困境,便放弃抵抗,自甘沉沦;有的人身处废墟,就算揪着头发都会把自己从泥土里拔出来。躺在同一片淤泥里,有的人越陷越深,而她却仰望星空,挣扎着向天际伸出手,发誓要做摘星之人。

从一个字都不识的文盲到最高艺术学府的教授,从茶楼雇员到第一个作品被卢浮宫收藏的中国画家,她的一生堪称奇迹。齐白石和徐悲鸿称她为"一代画魂",画家许卫红说:"在中国画坛,很多男性画家没有做到的突破,被她一个女画家做到了。"

她是中国最传奇的女画家——潘玉良。

不是爱风尘，似被前缘误

"不是爱风尘，似被前缘误。花落花开自有时，总赖东君主。去也终须去，住也如何住？若得山花插满头，莫问奴归去。"一曲《卜算子》被唱得悠扬婉转，如泣如诉。

正值海关监督潘赞化来芜湖上任，当地政府及工商各界举行盛宴，为新任监督接风洗尘。潘玉良坐在酒桌旁，为在座的大人物们表演助兴。一首风月场里唱惯了的小调因她的演唱而平添了几分凄凉之意，仿佛在诉说着自己那不幸的遭遇与过往，潘赞化也被这歌声深深打动，忍不住抬眼望去……

民国才女众多，大多数都出生于富贵人家或书香门第，从小就接受良好的教育，长大后也自然而然地在文学艺术领域取得不俗的成绩。与她们相比，潘玉良却更像一株野蛮生长的植物，挣扎着破土而出，奋力向上，只为追寻那一缕阳光。

潘玉良原名陈秀清，1895年出生在江苏扬州，一岁丧父，八岁丧母，幼失怙恃。母亲临终前把潘玉良托付给她的舅舅，从此她便跟随舅舅生活，改名张玉良。哪想舅舅不务正业，天性好赌，还沾染了大烟。潘玉良刚到十三岁，便被舅舅卖给了芜湖县的宜春茶楼，以偿还赌债。

潘玉良并不甘心就此沦落风尘,她多次逃跑、自杀、毁容都失败了,换来的是老鸨的毒打。就这样,她在宜春茶楼做了三年的洒扫丫头,被迫学艺唱曲。

她无数次渴望能在茫茫人海中遇见一个人,能把她救出来。可她遇见的人,只会给她带来伤害。直到十七岁那年,她才遇见了人生中的第一个贵人。

这天,新上任的芜湖海关监督潘赞化,被当地政府及工商界宴请到茶楼为他洗尘,潘玉良就被安排在一旁唱曲。潘赞化原是安徽桐城的才子,早年曾留学日本,毕业于早稻田大学,后来还追随孙中山参加过辛亥革命,是民主革命的风云人物。作为新一代的知识青年,他接受过新思想,不喜欢应酬,可毕竟初来乍到,实在不好拒绝,但面对当地同僚和商人拉拢,他也只是客套几句。却未曾想到,就在这场接风宴上,他遇到了一段令他今生都难以割舍的情谊。

推杯换盏间,潘玉良委婉动听的歌声,与令人动容的唱词,吸引了潘赞化。他看向潘玉良,首先看到的就是那一双写满了故事的眼睛。这种眼神,和她的年岁很不搭。潘赞化不由得上前关心了几句,又问起她知不知道自己唱的是谁的词。潘玉良却说:"这是一个和我同样命运的人。"

"同是天涯沦落人，相逢何必曾相识。"这句话在潘赞化心中盘桓许久，又如水面涟漪般轻轻荡开。

这一幕，恰好被席间的一位商人瞧见了。翌日，潘玉良就被送到潘赞化府上。

潘府门前，十七岁的潘玉良低头站立着，显得局促而紧张。带她前来的人叩响了大门，门房匆匆赶来，询问来者是谁，那人客气道："我家先生送了件礼物给总督大人。"

那门房睇了一眼少女，面无表情地说道："稍等片刻，我问下总督大人。"

潘玉良似乎将头垂得更低了，手心也渗出了汗水。不一会儿，那门房出来，手上拿着一包银圆，递给那少女，又说："大人说，这些银子给你回去交差，你走吧。"少女一脸惊诧。送他来的人尴尬地对门房说了几句告辞，便带着少女离开了。

原来，潘赞化明白商人这是为了讨好自己，人是万万不能收的，但若直接将女孩子赶回去，必定会让她为难。因此，心细如发的潘赞化便想出了这般两全其美的法子。

潘赞化的拒绝让潘玉良心中五味杂陈，她一边因他的君子风度而动容，一边又为此后恐再难相见而惆怅。不过，这份惆怅还未来得及蔓延开来，第二天潘赞化竟又约她外出散步。

途中，两人敞开心扉谈论过往。潘玉良的眼角不禁泛起泪花，但很快被她擦去。望着眼前这位在逆境中顽强生存的女子，潘赞化更觉怜惜。

在那个年代，苦难人家的女儿单凭个人力量难以改变贫困状况。所以潘赞化还是忍不住动了恻隐之心，用两百银圆将潘玉良赎了出来。

从此，潘玉良的命运被彻底改写。

你必须画画，就像溺水的人必须挣扎

潘赞化新官上任就从风月场所买回一个女子，这本就是十分轰动的事情，但他却毫不在乎。他对潘玉良的照顾完全出于同情与怜惜，他们的相处也从来都是发乎情止乎礼。他让出卧室给潘玉良居住，自己睡在书房。潘玉良不识字，他就买来识字本手把手教她识字。

一年后，潘赞化赴任上海，将潘玉良一同带去。他们住在法租界一座陈旧的石库门房子里，邻居是陈独秀夫妇。

长久的相处中，潘玉良早就已经将恩人当作恋人。不久之后，在陈独秀夫妇的见证之下，两人举行了简单的婚礼。婚后，玉良正式改姓潘，以示对丈夫的感激之情。

在我们的一生中，遇到爱，遇到性都不稀罕，稀罕的是遇到理解。多少人曾爱你青春的容颜，无论假意或真心，但难得有一个人爱着你虔诚的灵魂。对于潘玉良而言，潘赞化正是这样的存在。他耐心地教她读书认字，只因她说不想当一个花瓶。而潘玉良接受新事物、新知识的能力也让潘赞化始料未及，于是他到处给潘玉良寻求优秀的家庭教师来辅导她。

婚后第三年，潘玉良又跟随潘赞化到了云南。一次，潘玉良看到邻居洪野先生在画画，她就安静地趴在窗边临摹，后来洪野先生发现她临摹得很好，就开始免费教她画画。潘玉良从此走进了绘画的世界。

她在绘画上有着惊人的天赋，短暂的学习之后，水平已经胜过很多专业的绘画学生，最终以素描第一名的成绩考入了上海图画美术院，却因出身争议而被拒绝录取。幸而校长刘海粟先生惜才，顶住了舆论压力，录取了潘玉良。

就这样，潘玉良成为中国最早的一批女大学生。她曾说，她必须画画，就像溺水的人必须挣扎。

潘玉良或许是一个奇迹，但是如果不是她懂得抓住机遇，不被现实打倒后再振作，那这个奇迹也不会出现。她的人生谈不上完美，甚至充满悲痛，但是她却完成了蜕变与逆袭，在绘画中燃烧自己，

绽放自己，从尘埃中开出花来。命运发给她一手烂牌，还好她抓住机会完成了漂亮的反击。

当时国内刚刚兴起人体素描课，课程是开设了，但是基本上找不到人体模特。潘玉良为了能够学好这门课，趁家中没人的时候，拉上窗帘，脱下衣服，对着镜子描摹自己的身体。她将这幅人体素描命名为《裸女》，送到师生联合展览上展出。这幅大胆的作品轰动全校。

入学三年后，由于潘玉良在艺术上展现出的过人天赋，校长刘海粟认为学校已经没有老师能够辅导她了，在国内发展会限制了她，于是建议她去法国学习。

潘赞化得知此事后，也鼓励她出国深造，并为她提供出国留学的全部费用。临行前，他送给潘玉良一个怀表，里面装有两个人的合影照片。

他说："要是在外国想我了，就听听怀表，那是我的心跳。"

潘玉良先后在巴黎国立艺术学院和罗马国立美术专门学校就读。在这里，她结识了徐悲鸿、邱代明等中国近代有名的艺术家，还自学了英语、法语和意大利语。不到三十岁，她的作品就入选罗马国际艺术展，并获得金质奖章。她成了欧洲的艺术新秀，收到了无数橄榄枝，但她却说："我要回国，回到爱人身边。"

有人见尘埃，有人见星辰

1928年，在欧洲小有名气的潘玉良接受刘海硕的邀请，回到上海美术专科学校任教，后又被评为教授。冬天，潘玉良结束了异域求学的日子，学成归国。刚下轮船，她就和前来接她的潘赞化紧紧抱在一起。

谁也没有想到，曾经深陷淤泥狼狈挣扎的女子，竟然成为中国高等学府的教授，不久后还举办了画展。这是中国女画家从来没有过的壮举，震惊了整个中国画坛。后来，潘玉良陆续举办了五次个人画展，展出《我的家庭》《瘦西湖之晨》《白荡湖》和《春》等著名作品，中华书局还出版了一本《潘玉良画册》。

徐悲鸿曾评价她："当时的中国画坛，能够称得上画家的不过三人，其中一个就是潘玉良。"

她的作品充满了力与美，笔触清晰敏捷，展现出的不仅是对于社会种种弊端的呐喊，更有深远的思考和对人性的探究。

彼时政局动荡，日本人从华北开始，企图蚕食中国。山河破碎之际，潘玉良以极大的热情投身于义展义卖活动，支持抗日，她还发表讲话，谴责一些"知名人士"远离现实话多画少，热衷个人名利的行为，而她却因此受到一些无耻之徒的侮辱和诽谤攻击。潘玉良不为所动，她将全部精力放到艺术创作和社会活动中。她还创作了油画《白菊》，以寄托自己对艺术和爱情的无限忠诚。

然而，潘玉良的赤子之心，却被一场画展彻底冷却了。在一次画展上，潘玉良展出了一幅油画《人力壮士》，画中是一位裸体的中国壮士，正用双手搬走一块压着小草的巨石。潘玉良本意是想要歌颂无私救国的战士，却没想到画作被人故意划破。

倾注心血的画作被人毁坏，灰暗的过去又被人挖出来抨击，潘玉良悲愤交加。人们对她始终带有偏见，不相信一名出身卑微的女子可以成为顶级画家，无良报媒也纷纷猜测潘玉良根本是找人代笔。为了证明自己，潘玉良只得当着众人的面，拿起画笔，画了一幅自画像。

俗世的偏见如刀锋一般，一次次划破了她的自尊。潘玉良对这样的环境感到失望，正值巴黎举办万国博览会，于是她向潘赞化提出再次前往法国求学、举办画展的想法。潘赞化知晓她的矛盾和痛苦，尽管心中有许多不舍，却一句挽留的话都没有说，再一次目送她登上游轮。

但二人都没有想到，此一别就是一生。

多雨的巴黎，像极了你

在法国期间，潘玉良立下了"三不"原则：第一，不加入外国国籍，她永远是中国人；第二，保持独立，不和任何画商合作；第三，永不恋爱。

旅法画家贺慕群曾说："侨居巴黎后我和潘玉良常有来往，在艺术上和生活上都曾得到她的指导和帮助。潘玉良生活并不富裕，但是生性豪爽、乐于助人。她常留短发，喜喝酒，不拘细节，说话时声音很大，气势不让须眉，颇有男子气度。晚年时她住在蒙巴拿斯附近的一条小街，住房兼画室，生活清苦，但是她勤于作画，有时候从早到晚在家作画，一天都不出来。1954年，法国曾拍过一部纪录片《蒙巴拿斯人》，介绍这个地区的文化名人，其中就有潘玉良，她是片中唯一的东方人。"

1958年，中国画家潘玉良的画展在法国巴黎隆重举行，盛况空前。她受邀成为巴黎的荣誉市民，也成了全部华人的骄傲。她的作品在比利时、英国、德国、西班牙等地巡回展览，被各国博物馆争相收藏。

1959年，巴黎市长宣布："尊敬的潘玉良女士，恭喜您获得巴黎大学多尔列奖。"这是该奖项第一次授予女性艺术家。

彼时，她多想与潘赞化分享这个喜讯。但她却收到了潘赞化的来信，信中说国内气候异常，让她先别回国。

五年后，法国与中国正式建交，中国驻法大使馆的工作人员专

程去看望潘玉良。直到这个时候，她才知道潘赞化早在几年前就已经离开人世。

原来潘赞化知道自己命不久矣，怕潘玉良悲伤，在临终前，特意嘱咐儿媳模拟他的口吻，与潘玉良保持通信。

知道这一切的潘玉良大病一场，从此人生变得空空荡荡。

当年在茶楼逃跑被毒打时，她没有哭过；在上海美专被恶意攻击时，她没有哭过；在巴黎，独自熬过无数漫漫长夜时，她没有哭过；但听到爱人的死讯后，她终于再也忍不住流下眼泪。她对潘赞化不仅是爱，更有一份感恩和尊重。

"边塞峡江三更月，扬子江头万里心。"越是暮年，潘玉良思乡之心越切，写下了许多笔调哀凉的思乡诗句。尤其到了最后的岁月，自知来日不多，她便在枕头下面留下一张字条，上面写着："这是我的家信，如果我死了，烦朋友们将这封信寄给小孙潘忠玉留作纪念。中国，安庆市，郭家桥41号。"

巴黎下了一整夜的雨，潘玉良身着旗袍，给自己倒了一杯酒，轻叹道："赞化，我想你了，请你在梦中与我同饮这杯酒吧。"

1977年，潘玉良在巴黎去世。她身着旗袍下葬，临终愿望是将自己毕生的作品全部带回祖国，不允许法国政府处理她的作品。

直到1984年秋，经过多方努力，潘玉良的三千多幅画作终于

漂洋过海回到了家乡，而她则继续长眠于巴黎。

如今的巴黎市公墓里，有一个墓碑格外引人注目，上面镶嵌着一个白色大理石浮雕像，下面挂着几枚形状各异的精美奖章，右边用中文写着：世界艺术家潘玉良之墓。

潘玉良曾说："我的一生，是中国女人为爱和理念争取女人自信的一生。"

的确，她的一生都在为自己的尊严抗争，她的每一滴血液都在向往着自由与平等。她从未抱怨过命运的苛待，也从未停止过向上攀登。

如花在野

温柔热烈

董竹君

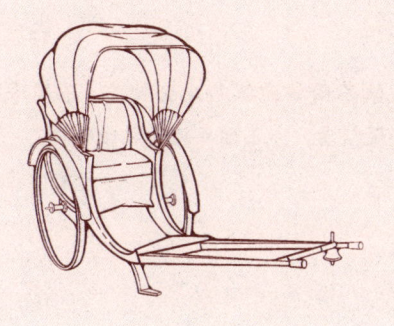

1900—1997

她是一朵开在晴空的花,
没有枝丫

董竹君

> 我从不因被曲解而改变初衷，不因冷落而怀疑信念，亦不因年迈而放慢脚步。
> ——董竹君

　　从青楼歌女到督军夫人，再到民族企业家；从出国留学到勇敢离婚，再到白手创业。她带着四个女儿逃离重男轻女的封建家庭，将一间茶铺开成国宾饭店，成为上海滩的商界大亨。

　　她的《上海妇女》杂志刊登各地妇女的抗战事迹，她的锦江茶室专门聘请女性员工，帮助她们经济独立，她的锦江饭店接待过四百多名各国元首。

　　她是手握"民国大女主剧本"的奇女子——董竹君。

且坐等春树，不做回头鸟

　　1900年，董竹君出生在上海滩的一户贫寒之家。日子虽过得清苦，但好在一家人也算其乐融融。

　　董竹君的父亲虽然是黄包车夫，但他明白在这个纷乱的时代中，唯有学习可改变命运。他不在意董竹君是女孩，反而竭尽全力将她送进了本地的私塾，让她能够识文断字。但是好景不长，父亲因为过度劳累而病倒了，家庭的经济来源也被切断，董竹君不得不辍学回家。

　　十三岁那年，为了给父亲治病，走投无路之下，董竹君选择到青楼里做三年的"清倌人"，也就是所谓的卖艺不卖身。

　　董竹君长相清丽可人，又不乏才情与气质，再加上歌声婉转，很快便成了青楼的头牌。每天收到的演出拜帖，至少有二三十张。这让她得以养家糊口，为父治病，但是作为一名受过教育且有远大志向的女子，她的目光并没有局限于此。她知道自己的人生，还有更多、更好的可能。

　　然而，说不清是幸或不幸，就在此时，就在此地，她遇到了那个即将与她爱恨交织、纠葛半生的男人——夏之时。

　　夏之时是早期的革命党人，曾在日本留过学，也曾参加过新军，并积极追随孙中山先生。他生得高大英俊，二十四岁便担任了蜀军政府副都督。而这样的青年才俊，在当时也不过是董竹君众多粉丝中的一位。

　　对于这位清冷美艳又有才情的女子，夏之时十分青睐，也一直在找机会接近她。就这样，在夏之时的努力之下，二人的感情迅速升温。1914年，因袁世凯倒行逆施，夏之时前往日本避难。在此前后，夏之时动情地表达了自己对董竹君的倾慕之情。

然而，面对夏之时的热烈告白，董竹君并没有失去理智，而是冷静分析后，向夏之时提了三个要求：第一，明媒正娶，她决不做小老婆；第二，送她出国到日本读书；第三，成家之后，男主外女主内。

夏之时一一答应，并表示自己也愿意为她赎身，却被董竹君拒绝了。

当时的董竹君虽然年纪尚轻，但是生长在乱世之中的她，非常聪颖，早已深谙世事人情。她想靠自己的力量走出青楼，因为只有这样，日后才不会被丈夫奚落。于是，她通过装病、哭闹等各种方式，终于在一个夜晚找到机会逃了出来，如一只冲向春日的飞鸟一般，一头扎进了期盼已久的自由中，不再回头。

没过多久，董竹君和夏之时举行了婚礼，从青楼女子到督军夫人，她完成了人生中的第一次逆转。

婚后，董竹君和丈夫一起登上了出国留学的轮船。在异国他乡，她努力地学习着外语和数理化知识，经常读书到深夜，并在学业上有着十分出色的表现。而这段读书经历，极大地丰富了董竹君的知识储备，也让她有了超前的眼界。

夫妻二人在日本待了几年，他们的第一个孩子也在此期间出生。直到1916年的时候，夏之时因公事不得不回到四川。临行前，他给了董竹君一把枪，叫她防贼，又说若是做了对不起他的事，则用它自杀。他还急召在上海南洋中学读书的四弟，到日本陪二嫂读书，用意明显，无非是监视她的一举一动，以免她获得自由后就红杏出墙。

枕边人的不信任，正如一柄刀，深深地刺入董竹君的心中。或许，二人的感情也正于此时开始出现了难以修补的裂痕，此去经年，愈发深刻，直至破镜难圆，覆水难收。

生活没有剧本，世间再无囚笼

1917年，董竹君原本想去巴黎留学，但夏之时强硬地要求她回到四川。董竹君只能回到四川当起了她的官太太，并利用生活琐事之外的碎片时间进行学习，但她的日子并不那么好过。婆婆对她处处挑剔，对她所生的四个女儿也格外不喜。

而回国后的夏之时被撤销了督军的职位，人到中年惨遭下岗，如此打击让这个昔日意气风发的男人彻底陷入颓废。由于生活、事业上的不顺利，以及个人意志的薄弱，夏之时开始吸食鸦片。他终日昏沉，沉浸烟酒，还经常将自己心中的郁结之气，撒在董竹君的身上。

这让本就疲惫的董竹君，越发感到忍无可忍。她发现此时的丈夫简直像变了个人一样，没有上进心，整天抽鸦片，脾气还特别暴躁。最让她感到失望的，是丈夫有着严重的重男轻女思想，毫不重视女儿。二人在女儿的教育上分歧不小，时有争吵。

争吵的话语，让董竹君的心凉了个彻底，她知道情意至此已再无修补的必要。

1929年，两人分居，定下五年之约，董竹君净身出户，带着备受轻视的四个女儿逃出家门。丈夫嘲讽她不自量力，早晚会后悔到跳黄浦江。董竹君只淡淡地说："我很感谢你当年把我从火坑里救出来，但没有想到你是一个更大的坑。"

分居消息一出，一时满城风雨，在众人眼中，董竹君可谓一夜落魄。可走出夏家大宅的董竹君，只感觉一身轻松，连呼吸都通畅了许多。她天生傲骨，不肯屈服，一如当年勇敢跳出火坑，此时，她已决定要再度开辟属于自己的新的人生。她也绝不允许自己的女儿，因为性别而受到歧视。

为了让自己和女儿过上更好的生活，董竹君开始下海创业。眼光独到的她一眼便看中了社会的基础刚需市场，并着手创办了富祥女子织袜厂，以及飞鹰黄包车公司。在董竹君的妥善经营之下，这两个厂子都发展得很快。因她诚信经营的理念，厂子的口碑也非常好。

董竹君在这次创业中大赚了一笔。她凭借自己的努力，让孩子们过上了宽裕的生活。就连当时的《重庆日报》和《国民公报》上，都常常出现她的名字。

然而，随着时局越来越动荡，董竹君察觉到自己的厂子可能会开始亏损，于是她找准时机变卖了厂子，又多方奔走筹集资金，终于凑足钱，在上海创办群益纱管厂。

然而，乱世之中多是惨淡经营，厂子好不容易有了起色，却不幸在淞沪会战中被炮火炸得灰飞烟灭。屋漏偏逢连夜雨，不久后董竹君的双亲又相继去世。这一系列打击让她难以承受，陷入苦闷的她也曾想过自杀，但最终还是选择咬牙挺住，直面困难。

1934年，夏之时来上海赴约，开口便问："五年到了，事业可有什么成就？如果不行，还是跟我回去吧。"

可董竹君知道，两人之间的互尊互爱已不复存在，此时回头只会落入比从前更糟的局面中。于是，她坚持办理离婚手续，整理情绪，等待东山再起。

停留是刹那，转身是天涯

1935年，她用从朋友处借来的两千元本钱创办了"锦江小餐"川菜馆。饭店的大小事务，董竹君事必躬亲，她亲手选定竹叶作为店徽，决定店内采用典雅的装修风格，要求厨子要请最好的，玻璃杯

要擦得摆在阳光下见不到半点印子。不俗的格调和美味的菜肴让饭店名气越来越响，连上海大亨黄金荣、杜月笙、张啸林，以及各路政府要员、外国大使都慕名而来。董竹君已然成为上海滩的成功女商人。

1937年上海沦陷，董竹君创办了《上海妇女》杂志，刊登各地妇女的抗战事迹，宣传女性独立的进步思想，引起了空前的反响。为了鼓励女性追求独立，她还开办了锦江茶室，聘请知书达理的女性当服务员，帮助她们实现经济独立，不依附于他人。

直到1949年，新中国成立后，上海市公安局局长邀请董竹君前去参加一场宴会，并告诉她，有人想要当面感谢她。

如此一番话把董竹君说得愈发迷糊，她带着疑问前去赴宴，却在宴会上见到了如今已是解放军兵团司令员、淞沪警备区司令员的宋时轮，并惊奇地发现，这位为新中国成立做出巨大贡献的英雄正是自己当年资助的人，这让董竹君感到非常庆幸。

原来，在"四一五"惨案中，宋时轮曾被捕入狱，脱身后却与组织失去了联系，孤立无援地在上海的大街小巷上游荡了好几天。在他走投无路之时，正是董竹君资助了他一笔路费，并嘱咐他有困难尽管来此。

不过，宋时轮口中莫大的恩情，在董竹君看来只是举手之劳，不足挂齿。为了表示感谢，宋时轮送给董竹君一把日本指挥军刀作为礼物，董竹君欣然接受。如今风雨稍安，再提起旧人旧事，亦有温暖漫上心间，传为美谈。

一直以来，董竹君都践行着热爱祖国、为国奉献的思想。新中国成立后，在人民政府的帮助支持下，她创立了上海第一家可以接待国宾的锦江饭店。她先是到海外考察，学习海外先进的饭店营销理念和服务模式，然后再将之创新并应用到自己的锦江饭店。她致力于提高管理水平，提升服务品质和保障服务质量。除此之外，她还推动行业标准化，建立了许多饭店的行业标准规范，为行业优化提升做出了贡献。

1997年，九十七岁高龄的董竹君，结束了自己传奇的一生。

在她的培养下，女儿们都已成才。长女夏国琼成为中国第一代钢琴家，曾数次被邀参与世界音乐巡回演出。二女儿夏国琇也致力于音乐教育。三女儿夏国瑛继承了她的经营天赋，曾参与创办众所周知的八一制片厂。而董竹君一手创办的锦江饭店也存续至今，已累计接待了四百多位国家元首和政府首脑。

回首一生，正如她在自传中所写的那样："我从不因被曲解而改变初衷，不因冷落而怀疑信念，亦不因年迈而放慢脚步。"

如花在野

温柔热烈

林巧稚

1901—1983

她如火引,
燃向黎明

林巧稚

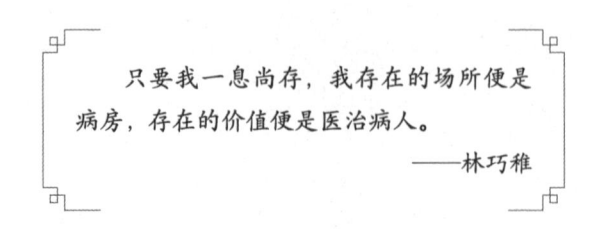

> 只要我一息尚存，我存在的场所便是病房，存在的价值便是医治病人。
>
> ——林巧稚

她是新中国第一位女院士，她终生未婚，却有五万个孩子喊她"妈妈"。

无数父母给孩子起名为"念林""怀林""敬林"以表达对她的敬爱和怀念。

她是钟南山的"姑婆"，是袁隆平的接生婆，她一生亲手接生了五万多个婴儿，被称为"万婴之母"。

她是林巧稚。

初识人间苦与甜

1901年，林巧稚出生于福建鼓浪屿的一个小乡村。林巧稚的母亲非常传统，一直想为这个家生个儿子传宗接代，看到自己又生了个女儿时便失望地将她丢弃在一旁，任由她自生自灭。刚出生的林巧稚在角落里被冻得瑟瑟发抖，幸好父亲林良英及时赶到，挽救了她幼小的生命。

林巧稚的父亲林良英早年就读于新加坡大学，是个接受过现代教育的学者，回国后在当地一所中学当教员。他思想开明，认为女子也应该培养成才。他把林巧稚当作掌上明珠，从小就教她英语，让她学习中西方礼仪文化，鼓励她做一个自立自强的人。

林巧稚五岁那年，母亲不幸患上了宫颈癌，不久便去世了。医生说，母亲是因为在生产的时候出现了感染，后期没有得到及时的治疗，才逐渐发展成了不治之症。母亲的离世让林巧稚万分难过，同时在她心里也种下了一颗学医的种子。

林巧稚六岁开始读书识字，能说得一口流利的英语，十二岁时被父亲送去厦门女子师范学院读书。就读期间，林巧稚遇见了自己的恩师玛丽·卡琳。从玛丽·卡琳身上，林巧稚看到了什么是爱人如己，什么是人人平等，女孩子通过知识可以改变命运，从而受到别人的尊重。

六年后，林巧稚以优异的成绩从厦门女子师范学院毕业，并留校当了老师。

一心从医终如愿

1921年，由美国洛克菲勒基金会创立的北京协和医学院在上海招生，林巧稚看到这个消息后决定报考，成为医生一直是她的人生理想，她想继续求学。通达明理的父亲支持女儿的选择，东拼西凑为女儿准备了路费。这年夏天，二十岁的林巧稚，从没出过远门的她，离开了家乡，登船去上海参加考试。

七月的上海，天气酷热难耐，最后一场英语考试时，一名女生因为中暑突然晕倒，被抬出了考场。在场的监考人员都是男老师，不方便上去救援，就用英文向大家求助，林巧稚立即中断了自己的考试，跑出去对这名女生实施急救，一番忙碌后，昏迷的女孩脱离了危险。但是在林巧稚赶回考场时，考试已经结束了。由于还没答完题，林巧稚以为自己必定落榜了，便黯然地回了老家。

然而一个月后，她意外地收到了协和医学院的录取通知书。这一结果让林巧稚惊讶不已，要知道当时协和医学院录取学生是非常严格的，就拿他们那场考试来说，总共有一百五十名来自全国各地的优秀考生，可最终录取名额却只有二十五名。

后来林巧稚才知道，原来监考老师专门为她给协和医学院写了一份报告，称赞她的品行和流利的英语对话。监考老师们认为林巧稚具备了医生不可或缺的爱心和悲天悯人的情怀，这是远比成绩更重要的品质。校方看了报告，认真研究了她的各科考试成绩，认为她其他科目成绩都很优秀，英语口语也非常娴熟，于是决定破格录取她。

协和医学院的这一决定，彻底改变了林巧稚的命运，也使得中国日后的"万婴之母"，免于被世俗埋没。

协和医学院有着全国顶尖的师资力量，以培养精英出名，学制八年，考核制度极为严苛：一门主课不及格，就要进行留级处理；两门主课不及格，则会被学校劝退。林巧稚非常积极上进，经常在晚上十点熄灯之后还继续挑灯夜读，在这几年时间里，她一直都是出类拔萃、名列前茅的好学生。

博士毕业时，林巧稚凭借优异的成绩获得了协和医学院的最高荣誉——文海奖学金，她是协和有史以来第一位获此殊荣的女学生。之后，她顺理成章地收到了协和医院的聘书，成为该院第一位毕业留院

的中国女医生，开始了精彩的职业生涯。

林巧稚进入协和医院妇产科，成了一名助理住院医生。很多同学为她的选择感到惋惜，因为在当时，内科和外科的发展前景比妇产科要好很多。但林巧稚始终忘不了去世的母亲，她希望应用自己的知识，通过自己的努力，降低产妇和新生儿的死亡率。

或许是当时社会对女性存有偏见，在工作之前，协和医院要求林巧稚签订一个十分荒唐的协议，协议上明确表示，如果林巧稚在工作期间结婚生子，她和医院的聘用关系就自动取消。这样的协议在今日看来是极不人性的，可在当时却似乎并未有太大不妥。实际上，协议之所以明确写明"若任职期间结婚、怀孕、生子就解聘"，是因为当时协和的管理者认为，对于医生这个需要极大付出的职业，没有女人可以同时扮演好贤妻良母和职业医生两种角色，所以只能二选一。在面对终身幸福和成为协和医者之间，林巧稚最终选择了后者。

婴儿的啼哭最动听

在协和医院，林巧稚勤奋工作，无论白天黑夜，严寒酷暑，她都为治病救人而忙碌。

一次节假日的深夜，值班的林巧稚遇到一位因子宫破裂而流血不止的年轻女性，情况危急，林巧稚顾不得多想，在得到主任的许可之后就立即为这位女性进行手术。在这之前，林巧稚从未有过独立手术的经验，可在手术台上她毫不慌张，将平日的实践和知识结合，成功完成了这场手术。

林巧稚仅用半年时间，就取得了普通医生五年才能达到的成就，并且被破格晋升为住院医生。虽然后来医院取消了当时荒唐的聘用协议，但最终，林巧稚还是放弃了结婚成家的想法。

林巧稚在协和医院工作的十年间获得了三次远渡重洋的机会，要么进修深造，要么进行医学考察。在美国芝加哥大学留学期间，校方曾多次高薪挽留她，但她坚持说："我是一个中国人，中国的母亲和婴儿需要我回去。"

1940年，林巧稚毅然回到灾难中的祖国，成为协和医院历史上第一位中国籍女主任。

一年后，战争打破了曾经的繁华与宁静。协和医院被迫关闭，医生们也都在一夜之间失去了工作。这时的林巧稚原本可以离开沦陷的北平，回乡躲避战乱，但她选择留下来，继续为病人看病。她租了几间房子，开了一家妇科门诊，以平民大夫的身份走街串巷，用一双美丽的手迎接着民族的一个个新生命、新希望。爱病人胜过爱自己的她有一个特殊的出诊包，里面总背着现钱，对贫病交困的人家，她不收分文药费，还予以资助。当年的林巧稚被老百姓称作"活菩萨"。

直到 1948 年，协和医院重新恢复工作，林巧稚才离开了这间小诊所。整整七年的时间，林巧稚手写了八千多份病例，详细记载了每一位病人的病症。

在那个动荡的年代，很多人都选择独善其身，而她却选择了行医济世，坚守自己作为医者的那颗仁心。

为医疗事业奉献一生

林巧稚曾说："只要我一息尚存，我存在的场所便是医院病房，我存在的价值便是治病救人。"

新中国开国大典当天，她收到了观礼邀请函，但即便面对如此重大的历史性时刻，她也未出席，而是选择留在医院。人家笑她傻，她却说："我是个医生，去做什么呢？我的病人更需要我，我需要守护在她们身旁。"

她总是说："我是一辈子的值班医生。"哪怕在她成为名家之后，她依然保持着谦逊的医德，以及以病人为核心的医风。在她眼里，人无高低贵贱之分，她对待病人都一样，她是看病，不是看人。

林巧稚对待病人充满了人文关怀。她用对亲人的方式对待她的病人，经常摸一摸病人的头，擦擦她们额头上的汗，举手投足都能展现出她对病人的爱。她说："医生给人看病不是修理机器，医生面对的是活生生的人。"

林巧稚对住院病房的管理非常严苛，她要求护士不允许大声喧哗，挪动椅子要端起来挪，走路要抬起腿，不能发出鞋拖地的声音，要呵护病人，给她们创造一个安静的空间。

她还大力推动中国妇女进行健康普查，她说："医院只是治病的第二、三道防线，真正的第一道防线是在预防上，在对广大正常生活的妇女进行普查普治上。"但是这一举措却遇到很大的阻力。彼时，女性受传统思想的禁锢，觉得妇科检查不太光彩。林巧稚只好带着医生挨家挨户动员，在她的感召之下，越来越多女性走进医院，开始了人生第一次妇科检查。

林巧稚在新中国充分施展了自己的理想和抱负。她经常带领医务人员深入农村、城镇考察妇女和儿童的健康状况。为了降低我国婴儿死亡率和防治妇女宫颈癌，她撰写了妇幼卫生科普通俗读物

《家庭卫生顾问》等书，普遍受到人们的欢迎。

为了治疗新生儿溶血症，林巧稚开展有关专家座谈，创造出了用脐静脉换血的医疗方法，填补了国内治疗上的空白。她说："我对妇女、儿童充满了爱，生平最爱听的声音，就是婴儿出生后的第一声啼哭，那是一首绝妙的生命进行曲，胜过人间一切最悦耳的音乐。"

她用最美丽、最温暖的微笑面对着妇女、儿童，如同一束阳光，给予生命旺盛成长的能量。她用一双灵巧的手，迎接五万多个小生命来到人间。许多父母为了感谢她，就给自己的孩子取名为"念林""爱林""敬林""仰林"等。

1978年，作为全国妇联副主席的林巧稚，在率领中国代表团访问英国的途中，因为脑血栓病倒了，回国之后，她的身体状况大不如前。但林巧稚不顾病魔缠身，花费四年时间，耗尽最后心血，写下了《妇科肿瘤》这部五十余万字的医疗著作。

1983年4月22日，林巧稚在协和医院病逝，享年八十二岁。她留下一份遗嘱，交代了三件事：第一，平生积蓄三万元，全部捐献给幼儿园、托儿所；第二，遗体献给医院，做医学研究；第三，骨灰撒在故乡福建鼓浪屿的海面上。而她的临终遗言是："我没有负疚，没有牵挂，没有悔恨，尽可以瞑目而去。"在林巧稚逝世后，人们为了永远纪念她，在她的家乡建立了纪念馆。

如今，林巧稚医生虽已经离世多年，但她似乎从来没有走远。我们怀念她，是因为她让我们看到了医生的伟大，更让我们感受到了女性的光辉。

医者看的是病，救的是心，开的是药，给的是情，技不在高而在德，术不在巧而在仁。全力以赴，是她对于自己生命最大的敬意，也是对于病人生命最大的诚意。

林巧稚的一生是坎坷的，无论是失去亲人，还是遭遇战事，她却不曾被击垮，用爱撑起一片天。她的一生也是快乐的，她曾为自己的医学理想而坚定求学，坚守在妇产科的岗位上，勤勉工作，用她的双手迎接千千万新生命的到来。

她是一个有着精湛医术和高尚医德的人，她终身未婚，却拥有最丰盛的爱；她没有子女，却是最富有的母亲。她是受东西方文化交融陶冶的杰出女性，是母亲和婴儿的守护神，是落入凡间的天使。

她就是，中国的"万婴之母"——林巧稚！

如花在野

温柔热烈

林徽因

1904—1955

她是人间的四月天

林徽因

> 你是一树一树的花开,是燕在梁间呢喃,——你是爱,是暖,是希望,你是人间的四月天!
>
> ——林徽因

她是中国第一位女建筑学家,也是中国近代史上被误解最深的一个女人。人们总是将目光投注于她所谓的情感韵事上,却常常忽略了她是国徽和人民英雄纪念碑的设计者,而她的家族更是满门忠义:她的三位叔叔全部牺牲于黄花岗起义,表弟陈天华在日本跳海自尽,以身殉国,弟弟林恒是清华大学毕业的飞行员,在与日军作战时壮烈殉国。硝烟四起时,曾有人邀请她出国避难,被她断然拒绝。她说,自己要与中国共存亡。

在战乱年代,她与丈夫梁思成为了保护古建筑,一起走遍全国,守护了难以数计的国宝,而自己却落下了非常严重的肺结核。后来,为了阻止北京的古牌楼被拆除,向来温尔文雅的她气愤地指着副市长的鼻子大骂道:"我林氏满门忠烈,你又算什么东西!"副市长被骂得满脸通红,哑口无言。

她如一颗恣意璀璨的流星划破了那晦暗的天际,引得无数人举目仰望;亦如一株默然静美的植物,花开花落,徒留一春爱与暖。

她是林徽因。

难怪她笑永恒,是人们造的谎

林徽因生于1904年,祖父林孝恂饱读诗书,是光绪己丑年进士,曾任杭州知府,在当地设立中西合璧的林家私塾,供子女读书。祖母也是熟读诗书、温文尔雅的知识女性。父亲林长民毕业于日本早稻田大学,擅诗文,工书法,曾任北洋政府司法总长。

书香世家的长女,名讳必是要精雕细琢的。"思齐大任,文王之母。思媚周姜,京室之妇。大姒嗣徽音,则百斯男。"《诗经·大雅》中的这首《思齐》意在歌颂周室三母,表示周文王的贤明是长期在她们身边耳濡目染形成的。于是,林家以"徽音"为长女名。从此,她便与诗歌结下了不解之缘。后来,因一个男作家的名字和她的非常相似,经常被混淆,不得已才决定改名,开始使用"徽因"这个新名字。

林长民的结发妻子叶氏没留下子嗣就撒手人寰了,林徽因的母

亲何雪媛作为续弦嫁到林家。出生在浙江嘉兴的何雪媛，脾气骄纵，与接受西式教育的林长民没有多少共同语言。她嫁入林家后生过一男两女，可惜除林徽因外，其他两个孩子都夭折了。

林徽因八岁时，林长民另筑别室，迎上海女子程桂林进门，渐渐地把何雪媛忘在了后院。祖母怜惜，将孙女林徽因接到房中照顾了七年。但何雪媛却只能在深宅中独自煎熬，因此性格变得越来越喜怒无常，唯一能发泄的对象只有不常见面的女儿。

童年的林徽因面对母亲和父亲三观不合且没有丝毫感情基础的不幸婚姻，没有任何办法。她只能一边在祖父母和父亲面前做一个知书达理的大家闺秀，一边在母亲面前做个听话的出气筒。挣扎在父母关系旋涡里的她常感到身心疲惫，甚至觉得"被自己的妈妈赶进了人间地狱"。可尽管她对母亲有诸多不满，回国后仍选择和母亲生活在一起，并义无反顾地赡养和照顾母亲。

林徽因的原生家庭新旧观念交织，不幸亦幸。这在某种程度上催发了她极力突破局限、努力上进、永不懈怠、掌控自己人生的追求。后来，她在婚姻问题上更是做出了勇敢且坚定的选择，并就此收获了爱情、友情，收获了文学、美学和建筑事业，也收获了尊重和声誉。

虽然夫妻感情不和，但林家这样的书香门第绝不会疏忽于子女女的教育。林徽因五岁起，便随姑母林泽民学习诗文，她学得了一手王羲之体小楷。十二岁那年，她就读于英国知名传教士、汉学家、教育家苏慧廉创办的北京培华女子中学，并在此打下了良好的英文基础。很多年后，林徽因在曹靖华、朱光潜、周作人等执教的国立北平大学女子文理学院外语系教英国文学，每周上两次课，全程用英语讲课，每次上课都会引起轰动。她去燕京大学演讲，听说林徽因来了，那些时髦的女学生们奔走相告，纷纷从教室、图书馆、洗手间涌出来，一睹她的风采。

她十六岁时便跟随父亲去欧洲生活。在欧洲生活期间，她立下要当建筑师的志向并在此遇见了大她八岁的徐志摩。一开始，她被徐志摩的诗人气质深深地吸引，后来才知道，原来徐志摩已经有了妻子和孩子，于是她断然决定离开徐志摩。

答案很长，我得用一生回答

回国之后，林徽因遇见了梁启超的儿子梁思成。金风玉露一相逢，便胜却、人间无数。两个年轻人被父辈正式介绍认识。梁思成对林徽因一见钟情，称她"飘逸若小仙子"。

或许，在多情上，梁思成不如徐志摩，但在才情上，他却毫不逊色。他擅长绘画、书法，是清华大学管弦乐队的队长，校运动会的跳高冠军，还翻译过王尔德的诗集。

1923年，梁思成骑着摩托车带弟弟梁思永参加"五七国耻日"的游行。二人行至长安街时，被当时的权贵金永炎的轿车迎面撞倒。梁思成伤得很重，林徽因从学校请了一个星期的假，赶到医院照顾他。正是这一个星期的朝夕相处，让林徽因看清了自己的心。

那时，徐志摩还是不肯放弃追求林徽因，甚至与妻子张幼仪公开离婚。而林徽因回信说："你太精致，太完美，跟你在一起的日子，每天都会让我惊心。"此后，徐志摩还追求过才女陆小曼。

1924年，林徽因和梁思成一同前往美国宾夕法尼亚大学读书，梁思成在林徽因的建议下就读于建筑学研究院，但林徽因却收到了一个令她沮丧的消息——建筑系不招收女生。她漂洋过海来到大洋彼岸追求自己的建筑梦，却因性别就被拒之门外，倔强的她怎会甘心。

于是，林徽因选择入读美术系，辅修建筑系的主要课程。虽然她是建筑系的旁听生，却和其他正式学生一样认真上课、交作业、交报告。

她的倔强和才华注定不会令她埋没于人。在校期间，她的成绩总是名列前茅。从1925年秋季开始，她成为建筑设计的业余助教，后又升为该专业的业余教师。

身处异国他乡，梁思成对林徽因愈发关爱体贴，二人感情弥笃，日益依恋。1928年3月21日，林徽因穿着自己设计的结婚礼服，和梁思成在加拿大总领事馆举行了婚礼。

结婚那天，梁思成问道："为什么是我？"

林徽因说："答案很长，我得用一生去回答。"

此事无关风与月

在那个战火纷飞的动荡年代，林徽因与梁思成放弃了国外的高薪工作，回到当时一穷二白的祖国，创建了中国第一个建筑学系。

当时有日本学者断言，中国没有唐代古建筑的引擎，而林徽因听到后气愤不已，说："建筑学这种工作在国内甚少人注意关心，我们单等他的测绘详图和报告印出来时吓日本鬼子一下痛快！省得他们目中无人以为中国好欺辱。"这句话展示了中国女性挺拔的脊梁，也表达了她对祖国建筑的热爱和自豪。

就这样，夫妻二人顶雨冒雪，凭借一支笔、一张纸，走遍全国一百九十多个县，爬梁上柱，考察勘测两千七百三十八处古建筑，并细致入微地绘制了测绘图。这些图不仅体现了他们深厚的学术功底，也展示了他们对中国建筑文化的坚定信念。

后来，林徽因还把个人的首饰家当全部当了，用于支持古建筑保护事业。夫妻二人租住在最简陋的房屋里，即便如此，他们也没有被艰苦的生活打败，而是把自己收拾得体体面面。

林徽因和梁思成的努力，不仅让世界认识到中国建筑的卓越成就，也捍卫了中国建筑文化的尊严。他们为后人留下了宝贵的文化遗产，也为中国的建筑事业树立了不朽的典范。许多建筑是通过他们的研究才被验证其不菲价值，从而得到保护的，其中包括著名的赵州桥、应县木塔、五台山佛光寺等等。

好友曾经送给林徽因和梁思成一副对联："梁上君子，林下美人。"林徽因却说："什么美人不美人，好像一个女人除了漂亮之外，其他什么事都不用做了，我还有好些事情要去做呢。"

但凡有所成就的女人，都不会只凭美貌。林徽因就是那种比你聪明、比你出身好，还比你努力的女子。这在无形中也给了同时代女人很大压力，就连风华绝代的陆小曼也被逼得说出"看看吧，我拼着我一生的幸福不要，我定要成个人才"这样的话。

在徐志摩笔下，她"风度不改，涡媚猗圆，谈锋尤健，兴致亦豪，且亦能吸烟卷喝啤酒矣"。

其实，她最著名的身份不是诗人，不是民国美女，而是中国第一代建筑师。她去世前身体已经完全透支，却依旧将仅有的热情与精力倾注于建筑事业。

她不是谁的白月光，更不是谁的绯闻女友，她是穿着朴素衣裙爬遍中国古建筑的伟大建筑师。她是直来直往的理科生、思维活跃的诗人、性情刚烈的学者，以及标准的先锋女性。只可惜，后人总要把她一腔热血的奋斗历史简化成一段暧昧不明的风月往事。

是爱，是暖，是希望

她的人生总会被情感韵事蒙上一层暧昧的纱，人们提起她，往往寥寥数语，肤浅又草草地概括她的一生。但除了这些或真或假的绯闻外，她还是被学生们尊敬地称为"林先生""林教授"的女建筑师。

在专业领域上，林徽因成绩斐然。她设计了人民英雄纪念碑上所有的花纹，她还是国徽深化方案的设计者之一，八宝山公墓的主体建筑格局也出自她的手，无论是风格和规格都是上乘之作。

不仅如此，林徽因还单独或与梁思成合作发表了《论中国建筑之几个特征》《平郊建筑杂录》《晋汾古建筑预查纪略》等有关建筑的论文和调查报告，还为署名梁思成的《清式营造则例》一书写了绪论，并且完成《中国建筑史》第六章，为全书的出版进行了资料整理和修改润色。梁思成在这本书的序言中写下："如果没有林徽因，这本书不可能完成。"

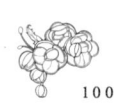

1955年，受尽肺病折磨的林徽因闭上了眼睛。

　　梁思成亲自为妻子设计了墓碑，上面只写了七个字——建筑师林徽因墓。

　　古往今来多少才女，为何仅有她会被如此羡慕，获得如此尊重，活得如此理性又不失浪漫？是超人的才华、惊艳的容貌、动人的爱情，还是卓越的成就？这些似乎太简单，不足以体现林徽因这个名字背后的丰富含义。她的智慧与灵气，她的坚韧与执着，她既有刻在骨子里的铮铮硬气，又有如清风朗月般的淡然从容。也许，金岳霖为林徽因写的悼文"一身诗意千寻瀑，万古人间四月天"，是对她一生最好的概括。

　　当我们每每听到"林徽因"这三个字时，或多或少都会有些刻板印象，认为她和民国时那些有足够时间发呆的贵族小姐一样，出身已是极好，又生得一张芙蓉面，那么青春少艾的年纪里最重要的事便只剩下同那个时代最出名的风雅男士谈情说爱，闲来写点儿文字，既能打发无聊时光，又能赚个才女的名声，而出国留学更像是大家族小姐为自己披的一件时髦的外衫。

　　可就是这样被许多人粗浅解读的林徽因，却冒着炮火回到家乡，重建因战争毁掉的家园，撑起中国人最后的脊梁。当有人问起日本人打过来怎么办时，她轻描淡写地答："中国读书人总还有一条后路

吧，我们家门口不就是扬子江吗？"

她仿如新旧时代交界处的一面美人镜，我们对她了解越深，越知晓自己从前是如何浅薄。她从来就不是不知忧愁的大小姐，而是将以身殉国刻在了自己的血脉中。幼年时，父亲在外工作，她侍奉生病的祖父，照顾年幼的弟妹，独自撑起一方宅院；长大后，她踏着泥泞小路，防着乡野匪徒，风餐露宿却坚持测绘中国古代建筑。

她的生命中有病痛，但没有阴暗；有贫困，但没有卑微；有悲怆，但没有鄙俗。

她是爱，是暖，是希望，是人间的四月天。

如花在野

温柔热烈

曾昭燏

1909—1964

听一万种声音,
她只成为自己

曾昭燏

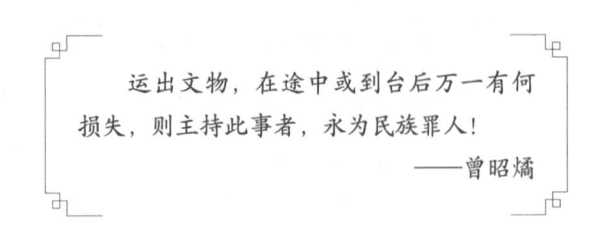

> 运出文物,在途中或到台后万一有何损失,则主持此事者,永为民族罪人!
> ——曾昭燏

她是曾国藩的侄孙女,是中国第一位博物馆女馆长,也是中国第一位女考古学家。

她曾经拦下了运往台湾的八百多箱文物,包括著名的后母戊鼎。

她终身未婚,致力于文物保护事业,却在五十五岁时,从南京灵谷塔上纵身一跃,结束生命。

她是曾昭燏。

不负热爱,扎根考古

曾昭燏1909年生于湖南曾氏家族。这是一个被称作"二百多年以来没有出过一个败类"的家族,它的隆兴源于晚清名臣曾国藩,近代中国许多重要的人物都与这个家族有联姻关系。

曾家将曾国藩"耕读为本、勤俭持家、坚忍不拔、求阙至善"的祖训发扬光大，后代子女人才辈出。曾昭燏的大哥曾昭承是哈佛大学的硕士，二哥曾昭抡是麻省理工学院的科学博士，后成为著名化学家，弟弟曾昭拯是著名书法家，妹妹曾昭懿是北平协和医学院博士，也是中国科学院学部委员（院士）林巧稚的得意门生，另外还有两个妹妹分别毕业于西南联大经济系和生物系。

曾昭燏从小精读古籍典藏，拥有非常扎实的国学基础，六岁时就可通读《左传》，十二岁已考上长沙艺芳女校，在这里她的价值观受到了很大的影响。这所学校的创始人是她的堂姐曾宝荪，曾宝荪是当时思想最前卫的一批人，她认为女子必须受到良好的教育，所以她一生都致力于女子教育。为了这一项伟大事业，她甚至终身未嫁。曾宝荪说，如果嫁人她就会受到束缚，她所能创造的价值就十分有限，甚至只能为一个人或一个家服务，但如果她单身的话，那么就没有家庭的束缚与压力，她就可以创造出更大的价值，为更多的人服务。堂姐的观念在曾昭燏的心里留下了深深的印记，以至于后来的她也像自己的堂姐一样终身未嫁，将自己的一生奉献给了考古事业。

1929 年，曾昭燏考入当时的国立中央大学外语系，后转到中文系，这一改变让她遇到了一生中最重要的老师——国学大师胡小石。胡小石学富五车、学识渊博，讲课旁征博引、趣味横生。曾昭燏对于胡小石老师十分敬重且评价极高，曾讲道："胡小石老师的课永远都是座无虚席。"

因经常随老师研究甲骨文，听老师讲述悠久的中国历史，曾昭燏被传统文化的魅力吸引，对考古产生了浓厚的兴趣。毕业后，曾昭燏又远赴重洋，前往英国伦敦大学攻读考古学，成为中国首位赴海外就读考古学的女学者。

这段留学经历也让曾昭燏懂得了考古学对于国家的重要意义。当看到英国博物馆放着众多中国的文物时，她的信念更加坚定，立志要学成归国，为中国的考古事业奉献力量，保护中国的文物，让它们不再流失。

在伦敦，她给时任中央研究院史语所所长的历史学家傅斯年寄出了一封信。信中，她言辞恳切地写道："冒昧地写信麻烦您，希望您为我个人着想，为中国的考古学发展着想，我学什么东西最有用处，赶快回信给我，因为我在暑期中必须决定下学期的计划。您既然不惮烦地指教夏鼐，希望您也能不惮烦地指教我。"她的目标很简单，中国有数千年悠久历史，却苦于科学研究方法的匮乏，所以她学习近代西方考古学的先进方法，为中华文明服务，就是想为这个苦难深重的民族点燃一盏希望的烛火。

在英国留学的这段时间，她结识了众多志同道合的同窗好友，并得到了赴欧讲学的中央博物院筹备处主任李济的赏识。在他的培养帮助下，曾昭燏在考古事业的路上越走越远。1937年6月初，她以一篇《中国古代铜器铭文与花纹》得到了导师叶慈的称赞，成功拿到文学硕士学位，顺利毕业。这篇论文实乃一部专著，文中所列古代铜器上的六百种徽识，均是曾昭燏从两千多件青铜器中整理出来的，她在学术界的地位也由此奠定。接着，她继续赶赴德国柏林国家博物馆，参加为期十个月的考古实习。

守护文物古迹，留住历史记忆

后来抗日战争全面爆发，家兄来信说中国战火遍地，抗战前途堪忧，劝曾昭燏不要归国，恰好此时伦敦大学也向她下发了聘书。然而，一顿午餐让曾昭燏不顾任何劝阻和挽留，毅然回国。

那日，她正和威格纳尔教授一起用餐，教授讲述了多年前去到北京的一段往事。那时他们去北京十三陵参观，一路颠簸崎岖，同行的美国人既抱怨又略带优越感地问："这路是什么年代修的？"一旁的中国向导沉着而淡定地回应道："大概两三千年前。"美国人立马不再作声。中国拥有最璀璨的文化历史，我们怎么能看着它从坍塌到毁灭？曾昭燏感慨万分，连夜买票踏上了归途。

回到祖国后，曾昭燏把积攒下来的几十英镑，连同自己的一枚金戒指，全都捐给了抗日前线。她在南京加入了中央博物院筹备处，在日军攻入南京之前，她与李济等人，夜以继日地将博物院文物及北平故宫博物院的一万多箱珍宝登记造册，装箱编号，协助文物搬迁。虽然她无法身着戎装抗击侵略者，但她也有自己的"武器"，她要保护中国的历史文物免受日军的破坏。

1939年，曾昭燏加入国立中央博物院的考察队，奔波于川、滇一带开展古文化的调查研究工作。考察队先后发现了马龙遗址、佛顶甲乙二遗址、龙泉遗址等五处遗址，获得大量文物资料，发现并命名了云南独有的"苍河文化"，这是对中国西南部考古的一大贡献。后来，曾昭燏又与吴金鼎合著《云南苍洱考古报告》，被称为"洱海文化"，该书成为研究云南地方史的珍贵资料，也是关于云南的第一部考古专著，奠定了西南地区现代考古学的基础。

1943年，曾昭燏与李济先生合著的《博物馆》出版，此书基于曾昭燏在柏林国家博物馆和慕尼黑博物院两次实习报告而完成。她通过对欧美博物馆的考察，结合中国实际，提出了博物馆的组织、管理、建筑设备及收藏、陈列、研究、教育等各项工作的原则和要求。这部著作代表了当时中国博物馆学研究的最高水平，是中国博物馆学的奠基巨著。

1948年，国民党军队在战场上溃败，国民政府筹备将故宫博物院与南京中央博物院的文物紧急转运到台湾。曾昭燏则坚决反对："运出文物，在途中或到台后万一有何损失，则主持此事者，永为民族罪人！"她以一个考古学者的身份，坚定地站在保护民族文化的一边。

在她的努力下，三批已经运到台湾的珍贵文物，最后又被运回大陆。而在这些被她保护下来的文物中，就有久负盛名的后母戊鼎。在整个战乱岁月中，她从没有卸下过保护文物的重任，而她，也是这支队伍中唯一的女性。

她早已嫁给博物院，许多年

新中国成立之后，中央博物院被改称为南京博物院。它与北京故宫博物院，是当时全国仅有的两所能够称之为"博物院"的机构。曾昭燏担任院长，她吃住皆在院内，克己奉公，连一只信封都不曾占过公家的便宜。她拿着最微薄的工资，投入最大的心血。她对待工作兢兢业业，纪律严明，不计较报酬，虽著作等身，但所得稿费，几乎都用来接济员工。当有人关心她的终身大事时，她也只是笑言："我早已嫁给博物院好多年了。"

从她以后，南京博物院有一条不成文的规矩，本院所有考古工作者绝对不准私人收藏古董。只有院长以身作则将自己的收藏上交给国家，其他人自然也纷纷学习，不再收藏。

1950年，曾昭燏主持对南唐二陵的发掘。这是新中国成立后，首次运用科学的方法发掘封建帝王的陵墓。曾昭燏和全体工作人员一样，住在偏僻的祖堂山幽栖寺内，每日奔走于居住地和工地之间，过着艰苦的野外考古生活。她常常白天手握拐棍，跋涉在泥泞的工地上，晚上还要在煤油灯下整理出土的文物，每天工作十小时以上。发掘工作结束后，一部大型专著《南唐二陵发掘报告》问世，赢得国内外史学界高度评价，甚至今仍是南京博物院存档的最重要的学术著作之一。

紧接着，她又以华东文物工作队队长的身份，率队发掘了著名的山东沂南汉代画像石墓，并主持了郑州二里岗遗址、南京北阴阳营遗址、安徽寿县蔡侯大墓的挖掘工作，为中国文物保护事业立下汗马功劳。

然而令曾昭燏没有想到的是，在特殊时期，最后压垮她的是无法改变的家庭出身。曾昭燏对此怎么也想不通，她对好友贺昌群教授悄悄地说："说曾国藩是镇压太平天国的刽子手，我们认了，但说曾家是汉奸，这无论如何无法令人接受。曾家自曾国藩以下数百口人,在民族大义面前没有过丝毫的犹豫。"

各种打击纷至沓来,让曾昭燏患上了严重的抑郁症。1964年的一个隆冬,她登上南京东郊的灵谷寺里的灵谷塔,纵身跃下,结束了自己的生命。她的表哥,远在广州的陈寅恪先生闻讯,神色黯然地写下诗句:"高才短命人谁惜,白璧青蝇事可嗟。灵谷烦冤应夜哭,天阴雨湿隔天涯。"

曾昭燏的遗体收殓于一副薄棺中,被匆匆掩埋在牛首山脚下一个人迹罕至的角落,中国考古文物界的一代女杰,就此长眠于山野。

曾昭燏出生于新旧思想交替的时代,她矢志不渝地求学,用知识和智慧武装自己,成为民国时期的杰出女性。国难当头,她更是以一片赤子之心报效祖国。战火纷飞阻挡不了她前进的步伐,她倾尽全力保护文物,在考古事业中闯出了一片天。

如花在野

温柔热烈

张允和

1909—2002

终有日落,
做她一生的断句

张允和

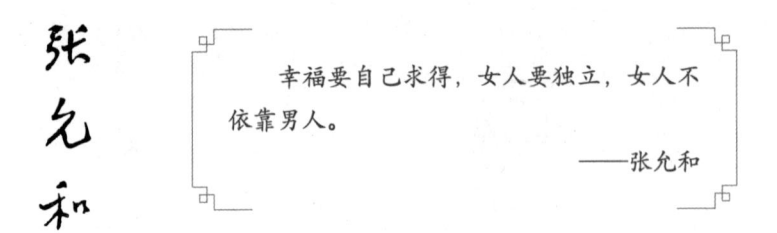

> 幸福要自己求得，女人要独立，女人不依靠男人。
>
> ——张允和

她也许是近代史上最幸福的女人，白发苍苍时仍和爱人甜蜜拥吻。

她是名门千金，却下嫁穷小子。她和丈夫结婚时，曾经被人预言都活不过三十五岁，但她却活到了九十三岁，丈夫更是活到了一百一十二岁。

她外表婉曼柔美，内里却坚韧不拔。她的一生都在告诉世人，中国闺秀从来不是只知攀附的菟丝花，而是站在爱人近旁的那株木棉。

她是张允和。

我感到爱情正是这么一种东西

1909年盛夏,张允和出生于显赫的书香门第。她的曾祖父张树声是晚清洋务重臣,在淮军中是地位仅次于李鸿章的将领,曾任两广总督。她的父亲张武龄是民国初年的富商,坐拥万顷良田,每年有十万担的田租收入,并且热心投资教育事业。她的母亲陆英是著名的昆曲研究家。

张允和不仅有三位姐妹,还有六位兄弟,她家是一个其乐融融的大家庭。姐弟十人虽从小便生活在安逸富足的环境中,却并没有成为只知享乐的纨绔子弟。他们有的会写旧体诗,经常互相唱和,有的喜爱自然科学研究。而张允和最擅书法,一手小楷,清雅不凡。都说字如其人,她的确也是姐妹中最漂亮的,曾被人形容为:"年轻时她的美,怎么想象也不会为过。"

十六岁那年,张允和遇见了大她三岁的周有光。当时,张允和还在乐益中学读书,与周有光的妹妹是同学兼好友,两家经常往来,二人便由此相识。

后来,张允和考入上海的中国公学,而周有光也在上海的光华大学读书。周有光对性格开朗的张允和很有好感,经常寻理由过去找她。聪慧的张允和早就看穿了周有光的心思,但他既没有言明,她便也装作不知。有时候,她还会故意捉弄周有光,叫舍友骗他说

自己出去了。当她躲在窗口看着周有光离去的落寞背影时，总会忍不住偷笑起来。

直到那个秋日的午后，周有光鼓起勇气把张允和约到江边，将一本英文版的《罗密欧与朱丽叶》送给了她。风吹过她的裙角，拨动他的心弦，又掀起那轻薄的书页：

> 吵吵闹闹的相爱，亲亲热热的怨恨，无中生有的一切，沉重的轻浮，严肃的狂妄，整齐的混乱，铅铸的羽毛，光明的烟雾，寒冷的火焰，憔悴的健康，永远觉醒的睡眠，否定的存在！我感到爱情正是这么一种东西。

后来，周有光去了杭州教书，两人只能靠着书信沟通。直到三年后，张允和为了躲避战火，去杭州之江借读。恋人的重逢或许能称得上是世界第一浪漫的事，长久的想念与丛生的爱意总会在久别再见中无处遁形，而此时的两个人已然无比确定彼此的心意。

这一场恋爱，他们谈了八年。直到谈婚论嫁时，周有光却开始忧虑了，在写给张允和的信中，他说："我很穷，恐怕不能给你幸福。"

于是张允和立刻回了一封信，坚定地表示："幸福要自己求得，女人要独立,女人不依靠男人。"更难得的是,张允和的父母思想非常开放,支持儿女自由恋爱。张允和的父亲说:"婚姻是儿女自己的事情,父母不管。"

情投意合的二人将婚期定在了1933年4月30日,旁人都觉得这个月末的日子寓意不好,便拿着他们的生辰八字去算命选日子,结果算命先生说,他们两个都活不过三十五岁。但张允和异常淡定:"我相信旧的走到了尽头就是新的开始。"

于是二人如期步入了婚姻的殿堂。自此,他们风雨同舟、同甘共苦,并肩走过了将近七十年的婚姻旅程。

自此离别后,每一次相遇都是重逢

婚后,夫妻二人度过了一段幸福的时光,举案齐眉,琴瑟和鸣,并育有一子一女,承欢膝下。

1937年,日寇进一步发动了全面侵华战争,战火很快就蔓延到了全国,为了寻求一处安静的地方生活,张允和与周有光带着年幼的子女辗转逃到四川乡下。

不料,女儿晓禾患了盲肠炎,高烧三天都没有退下去。因为交通不便,又无药可医,当张允和想方设法将女儿送到城里的医院时,已经为时过晚。再加上当时医疗条件有限,女儿最终还是没能被抢救过来。

迁回成都后,儿子晓平又被流弹打中肚子,肠子穿了六个洞。手术后,张允和三天三夜没合眼,寸步不离地陪在儿子身旁,女儿没有了,她不能再失去这唯一的孩子。好在儿子最终挺了过来,转危为安。

抗战期间,他们失去了女儿,儿子又与死神擦肩而过,全家人一次次死里逃生,能活下来,已是造化。那颗子弹被张允和保存了半个世纪,之后交给了孙女作纪念。而女儿晓禾的一块小手绢则被张允和始终留在身边,抚慰她不能忘却的痛苦。

张允和柔弱的外表下,有一颗坚韧的心,面对这接二连三的打击,她都咬紧牙关挺了过去。受战争影响,周有光不能常常陪在妻子身旁,夫妻二人聚少离多。张允和一个人担负起整个家庭的全部重担,照顾儿子和双方父母,带领家人多次四处迁移,躲避轰炸。也正是这股不屈的意志,帮助张允和撑过了人生的低谷期。经历了十多年的奔波流离及三十余次搬家后,终于盼来了安稳。

抗战结束后,新中国迎来了久违的和平,夫妻二人以为好日子终于要来了。结果,张允和却被诊断出患有心脏病,当时权威医生断言她活不过五十岁。

但是,张允和并没有被吓倒,她骨子里不服输的性格,不允许她向病魔低头。她没有因为医生的话而放弃自己，反而决心自救，从此给自己定下了一个"三不原则"，这是张允和在与世界和时间的相处中总结出来的人生哲学。

第一条原则是"不拿别人的过失责备自己"。张允和认为，每个人都有自己的缺点，都会犯错误，但不能因为别人的过失而怨恨自己，要学会宽容和理解。她说："我从来不把别人对我的伤害放在心上，我觉得那是他们的事情，跟我无关。我从来不跟别人争吵，我觉得那是浪费时间和精力。"她用这种豁达开朗的态度，化解了许多可能引起矛盾和冲突的事情，保持心境平和。

第二条原则是"不拿自己的过失得罪人家"。张允和承认，自己也有许多不足和犯许多错误，但不能因为自己的过失而伤害别人，要学会道歉和改正。她说："我从来不把自己对别人的伤害藏在心里，我觉得那是我的事情，要跟他们道歉。我从来不把自己的错误当成理所当然，我觉得那是我的责任，要努力改进。"这般谦虚诚恳的态度，使她赢得了许多人的尊重和信任。

第三条原则是"不拿自己的过错惩罚自己"。张允和明白，自己也有许多遗憾和失败，但不能因为自己的过错而折磨自己，要学会接受和释放。她说："我从来不把自己对自己的伤害记在心上，我觉得那是过去的事情，要向前看。我从来不把自己的失败当成绝望，我觉得那是新的开始,要重新努力。"她用这种乐观坚强的态度,克服了许多可能引发沮丧和绝望情绪的事情,保持了生活热情。

周有光也十分尊重妻子,还结合这个"三不原则"提出了属于自己的"三自政策",即"自食其力、自得其乐、自鸣得意"。这样的达观态度,也帮助他们闯过了人生的很多关卡。

庭有枇杷树,辗转又一秋

新中国成立后,张允和曾担任高中历史老师,任人民教育出版社历史教材编辑,她孜孜不倦、尽职尽责,在历史课题的研究与传播上做出了优秀业绩,得到业界一致好评。

在工作之余,她还潜心研究昆曲,后来回到苏州与旧时曲友,拍曲按笛,还专门去上海,请花旦张传芳教唱昆曲,终于完成了《断桥》《琴挑》等折子戏身段谱的编写。她师从昆曲研习社社长、著名的红学家俞平伯,认真学习昆曲的唱腔、音韵、吐字和行腔,历时几十年,续写完成名作《昆曲日记》。她说:"昆曲于我,由爱好渐渐变成了事业。结缘昆曲,有了新生的感觉。"

在张允和七十岁生日时,周有光送了她一套《汤显祖全集》。那一刻,她的笑容甜如青春少艾时,她说:"他真是懂我的心思。"

改革开放后,经济迅速腾飞,众多"舶来品"被引入中国市场,

而其中最令张允和感到好奇的便是打字机。家中那台智能打字机简直是周有光的宝贝，张允和笑言："因为他本来就是搞汉字拼音的，这台机器双拼的设计方案，还是他参与设计的。"

张允和看着丈夫用打字机写文章、写信，工作效率提高了很多，心中很是羡慕。后来，为了重新编印初中时的家庭刊物《水》，八十六岁的张允和下定决心，学习用电脑打字，她说："我不当它是工作，当是娱乐。"

《水》是张家四姐妹在二十世纪三十年代创办的一份私人杂志，主要刊载张家人的诗文、散文、小说等作品，以及一些家庭新闻、趣闻、轶事等内容。《水》是张家人保持联系、交流思想、增进感情的一种方式，也是张家人展示才华、传承文化、记录历史的一种载体,后来因为战乱不得已而停更。

在张允和的努力下,《水》终于复刊,她还邀请周有光、周晓平及其他亲友参与其中,共同编写了多期《水》。这些刊物不仅记录了张允和一生中的重要事件和感受,也记录了中国近代史上的许多风云变迁。

张允和在晚年出版了多本散文集,其中包括《多情人不老》《最后的闺秀》《张家旧事》等。这些书,都是她对自己的婚姻生活、亲情回忆和昆曲艺术的情感表达。这些书展现了她对生活的感悟和对人性的理解,她的艺术禀赋和才华在此发挥得淋漓尽致。

张允和执着于世俗生活,从不装出心如止水的样子,她喜欢娱乐消遣便坦荡展露。如今,人们称她"最后的闺秀",周有光对此却颇有意见,他说:"她是一个典型的现代新女性。她的思想朝气蓬勃,充满现代意识。"

夫妻二人都爱三样东西:咖啡、红茶和牛奶,每天都要来一点。古代夫妇以"举案齐眉"为佳话,如今少有"案"了,这对老顽童就发明了"举杯齐眉"。

"我们两个上午喝茶,下午喝咖啡,都要碰碰杯子,是好玩,但也是对彼此的尊重。"回忆起那些洒满阳光的午后,周有光依旧能感到一股暖意盈满心头。

年老的张允和依然很爱美，四妹张充和说："八十岁的她，每天仔细地梳妆，仔细地穿戴，一定要丈夫来评价好不好看、美不美丽。长长的白发辫，还是盘在头顶，夹杂的细细黑丝线，愈加黑白分明地夺目，配上藏青色外套，对襟中式花背心，鞋都要绣花的，依然精巧、轻柔、玲珑、热情、豪迈。"

2002年8月14日，张允和离开了这个世界，享年九十三岁。

为张允和送行的那晚，周有光第一次红了眼眶。他说，她身体一直很弱，可是她的生命力那么旺盛，那么有活力。

其后两年，九十八岁高龄的周有光倾尽心力地为张允和遗作《浪花集》和《昆曲日记》的出版奔走。他说，这是对张允和最好的纪念。

"多少人曾爱你青春欢畅的时辰，爱慕你的美丽，假意或真心，只有一个人，还爱你虔诚的灵魂。"

张允和去世后，周有光再也没有去卧室里睡过，他每晚都独自睡在书房的沙发上。挚爱已去，独留他在人间空思念。

2017年，一百一十二岁的周有光老人逝世，这对分别已久却相爱一生的恋人终于得以相聚。

如花在野

温柔热烈

杨绛

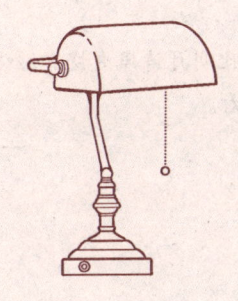

1911 — 2016

足够她爱这
破碎泥泞的人间

杨绛

> 世态人情，比明月清风更饶有滋味。可作书读，可当戏看。
>
> ——杨绛

她被誉为最贤的妻、最才的女。

无数人羡慕她与钱锺书那神仙眷侣般的感情，称颂着她作为妻子的贤淑智慧，却忽略了她在妻子之外的数重身份。

她二十七岁出任校长，三十一岁创作了话剧《称心如意》，四十七岁利用工作之余自学西班牙语，翻译了《堂吉诃德》。

她是我国著名的作家、翻译家，更是名副其实的才女。

她是杨绛。

往事，春日，与你

"我没有订婚。"钱锺书坦白地说。

"我没有男朋友。"杨绛坦诚地回答。

这就是钱锺书和杨绛第一次见面的场景。那一年,他二十二岁,她二十一岁。两人怦然心动,一见钟情。"相识,一眼便一生",是对他们用心经营了一辈子的爱情和婚姻最好的剖白。

1935年,杨绛与钱锺书在苏州举行婚礼。他们于民国年间相识相知,在战乱岁月相濡以沫,又在和平时代相守一生。杨绛给钱锺书写过一封情书,信上只有一个字——怂,意思是"你的心上有几个人"。钱锺书的回信也只有一个字——您,意思是"我的心上只有你"。

在外人看来,杨绛和钱锺书是门当户对的组合,钱锺书出身教育世家,而杨绛则是名门之后。但杨绛却说,其实他们两家门不当户不对,钱家是旧式家庭,礼数很多,还有很严重的重男轻女观念,虽然也非常宠爱女孩,但是在父母心中,女儿的地位不如儿子。杨家是新式家庭,男女并重,以一视同仁的教育方式培养女儿和儿子。虽然两家的思想观念和生活习惯都大相径庭,但好在杨绛知书达理、善解人意,还是很快地适应并融入了钱家的生活。钱锺书也称,杨绛绝无仅有地结合了各不相容的三者——妻子、情人和朋友。

那年,钱锺书获得了奖学金,要到英国牛津大学读书,杨绛毫不犹豫地决定陪丈夫到英国留学。杨绛后来回忆说,在英国留学的日子,是她和钱锺书一生最快乐的日子。钱锺书看到杨绛因为不习惯异国饮食而消瘦，于是不善家务的他早早起床，为妻子做爱心早餐，还用小桌子端到床上去。杨绛感动地说："这是我吃过的最好吃的早餐。"

因为妻子的一句话，钱锺书将做早餐的习惯延续了几十年，热牛奶、煮鸡蛋、烤面包，一做就是一辈子。

杨绛也为钱锺书学着做了很多中国小菜，钱锺书吃得很开心。此刻他们才意识到，原来两个人在一起的每时每刻才是最珍贵的，所谓夫妻相处之道，不过是惺惺相惜和彼此牵挂。

多年后，杨绛读到英国作家笔下最理想的婚姻："我见到她之前，从未想到要结婚；我娶了她几十年，从未后悔娶她，也未想过要娶别的女人。"

她将这句话念给钱锺书听，两个人立刻异口同声地说："我也一样。"

很多人常常叹息，再深的感情也抵不过柴米油盐的消磨。钱锺书和杨绛却不信，他们觉得感情越深，越能相互理解、相互包容。世界上最美好的婚姻里，应当是有爱情的。

"我最大的功劳是保住了钱锺书的淘气和一团痴气。"杨绛曾经这样评价自己。钱锺书孩子气很重，但杨绛从没要求他做个稳重成熟的丈夫。她爱他原本的模样，更希望他能做自己。

杨绛住院的时候，钱锺书自己照顾自己。结果没隔两天，他就跑去委屈地跟杨绛说："我打翻了墨水瓶""我弄坏了台灯""我把门弄坏了"。但杨绛总是耐心地回答："没关系，等我好了，我来弄。"

因为爱他，所以杨绛并不在意这些细节；亦是因为足够优秀，所以她不必铆足劲儿证明自己。更难得的是，她始终是钱锺书的第一读者，也总是毫无保留地给予他完美的读者反馈："他把写成的稿子给我看，急切地瞧我怎样反应。我笑，他也笑；我大笑，他也大笑。有时我放下稿子，和他相对大笑，因为笑的不是书上的事，还有书外的事。我不用说明笑什么，反正彼此心照不宣。"

钱锺书虽然写了《围城》，却从不认为自己的婚姻是一座围城；又或者说，他在这座由自己亲手搭建的围城中安坐如山，从不后悔。

"赌书消得泼茶香，当时只道是寻常。"所谓人间佳话，大抵如此。

没有钱锺书的时候，杨绛已经是杨绛

一提到杨绛，似乎永远撇不开钱锺书妻子这个身份。人们怀念她，更多是在缅怀钱杨二人一生相濡以沫的爱情。好像要在这个难以相信爱情的年代，留下一点曾经有人真心相爱过的证据。

不过，杨绛的一生，又怎是一个"钱锺书妻子"的身份就能涵盖的呢？

1911年,杨绛在北京出生。由于是家中的第四个女儿,她被取名为杨季康。长大后,她又以"季康"的切音"绛"作为自己写作时的署名。

杨绛的父亲杨荫杭是我国近代著名的法学家、进步学者,曾在日本早稻田大学、美国宾夕法尼亚大学留过学,而杨绛的母亲也是一位温柔典雅的知识女性。在这种书香围绕的环境下,杨绛一步一步成为有名的才女。

1923年,杨绛跟随家人搬往苏州,定居于此。后来,杨绛报考了离家近的东吴大学。

进入东吴大学之后,喜欢文学的她却选择了政治专业。因为当时的东吴大学并没有文学专业,而文科类的也只有法律和政治这两个专业。父亲不愿意让她学法律,所以她才选择了政治。但是晦涩难懂的政治知识,实在难以令杨绛提起兴趣,她更热衷在学校的图书馆看文学书籍。

大三的时候,东吴大学为杨绛申请了去美国维尔斯利女子大学深造的机会。对于这个在他人看来十分难得的机会,杨绛并没有过多期盼。因为在她看来,如果去了国外,还要继续研究自己不喜欢的政治专业,倒不如不去。最终,她选择放弃这次出国深造的机会。

自东吴大学毕业后,杨绛又前往清华大学研究院继续深造,其间获得了清华优秀生奖，还在老师朱自清的推荐下，在《大公报文艺副刊》发表短篇小说《璐璐，不用愁！》。

当然，除了文学上的收获外，杨绛还在清华校园遇到了与她相伴一生的钱锺书。

后来，有人认为在二人婚后出国留学一事上，杨绛只是作为妻子跟着钱锺书出去陪读的，其实不然。一开始杨绛的确是跟着钱锺书去了牛津，但是在钱锺书拿到学位之后，他又跟着杨绛去了法国巴黎大学做研究。

杨绛可以将"妻子"这一身份做到尽可能完美，但她可不是只会以丈夫为中心、围着锅台打转的那种"贤妻"。她的才华太过耀眼，即便是站在钱锺书这样的大才子跟前也毫不逊色，而她一生所获的赞誉和光环，也绝不是靠一个才华横溢的丈夫得来的。

1938年，钱锺书和杨绛带着女儿回到了中国。回国后，钱锺书先后在西南联大、蓝田师范学院任教。然而，既要带孩子，又要照顾家庭的杨绛，在履历上也没有半点落后，她做过上海震旦女子文理学院外语系教授，并且在家务之余，她还尝试着写文章、写剧本，挣稿费来补贴家用，甚至一不小心就写出了名。1942年，杨绛写了一部名为《称心如意》的剧本，在上海公演时一炮走红。此后，她又陆陆续续地创作了《弄假成真》《游戏人间》等剧作，相继在上海公演。以至于很长一段时间里，别人介绍钱锺书时，都说："这是杨绛的丈夫。"

看着妻子大展才华，钱锺书也按捺不住了，他也想写一部长篇小说。杨绛听了特别高兴，让他赶紧动笔，为了能让丈夫专心写作，她默默地包揽了所有家务。在杨绛的鼓励和陪伴下，《围城》终于问世。

1949年，台湾大学、英国牛津大学都向钱锺书和杨绛发出了邀请，但他们最终还是选择留在了祖国。

在那段特殊岁月中，杨绛和钱锺书也遭受了不公正的待遇。杨绛被安排看菜地、扫厕所，而钱锺书则被安排看守耕田工具。两个人有时能在菜园见上一面，却也只能遥望着彼此，说上三两句话，无非是"我很好""你好吗"，以及"总会好的"。仓促一面，三言两语，全作鼓励，聊以安慰。就这样度过了那段年岁，二人终于苦尽甘来。

杨绛身上那股从容淡定、处变不惊的气度不仅没被磨平，还被岁月与挫折沉淀得更为优雅平和了。她说："我和谁都不争，和谁争，我都不屑。"

论主业做学问，钱锺书有传世之作《管锥编》，而杨绛的学术成就也不比她的丈夫低。她主要研究外国文学，还翻译过不少作品，早年被翻译大家傅雷赞赏，后来朱光潜也说："我们国家的散文小说翻译就数杨绛最好。"

1978年，杨绛翻译的《堂吉诃德》出版。恰好那年西班牙国王携王后访华，杨绛应邀参加国宴，这本翻译作品被当作国礼赠送给西班牙国王。

然而少有人知道，这部作品是她每天晚上悄悄翻译的。她自己回忆的时候也说，译稿"被没收、丢弃在废纸堆里""九死一生"，历尽磨难才终于保全下来。更令人吃惊的是，杨绛之前并不会西班牙语，她是四十七岁的时候才自学的。

写你时下着雨，字句都潮湿

1997年，五十九岁的女儿钱瑗离开人世。钱瑗临终前，握住杨绛的手说："妈，我累了，想睡觉了。"

杨绛点点头，为她掖了掖被子，温声道："那你就好好休息吧。"

这是母女最后的道别。

在女儿离开后的第二年，钱锺书也在病床上一卧不起。住院期间，杨绛在一百多天里不离左右，医生、护士多次劝她回家，由别人替换照顾，她却说："锺书在哪儿，哪儿就是我的家。"

1998年，八十八岁的钱锺书先生也离开了人世。

钱锺书离世前曾对杨绛深情告白:"从今往后,咱们只有死别,再无生离。"

丈夫去世之后,她写了散文集《我们仨》,用读者的话说,这本书"不敢轻易看,看了就要掉眼泪"。

"我一个人思念着我们仨,"杨绛在书里面写道,"我已经走到了人生边缘的边缘。"

从前的"我们仨",最后只剩下她一个,茕茕子立,形影相吊。但是在字里行间,她依然极力克制,仿佛竭尽全力要把那巨大的悲痛吞咽下去。

回忆从前的三口之家,她写道:"我清醒地看到以前当作'我们家'的寓所,只是旅途上的客栈而已。家在哪里,我不知道。我还在寻觅归途。"

思念携手一生的伴侣,她写:"我曾做过一个小梦,怪他一声不响地忽然走了。他现在故意慢慢儿走,让我一程一程送,尽量多聚聚,把一个小梦拉成一个万里长梦。这我愿意。送一程,说一声再见,又能见到一面。离别拉得长,是增加痛苦还是减少痛苦呢?我算不清。但是我陪他走得愈远,愈怕从此不见。"

杨绛在一百岁的时候生了一场大病,生命垂危。

到了思念实在难以克制的时候,她的文字仿佛都在颤抖:"我使劲咽住,但是我使的劲儿太大,满腔热泪把胸口挣裂了……"

如今,她终于不必"使劲咽住"这满腔热泪了。2016年5月25日,杨绛回家了,享年一百零五岁。

清华校园里飞起数万只千纸鹤,为她送行。

杨绛和钱锺书曾把所有的版税都捐给了清华,造福贫寒学子,而夫妻二人过着极其简朴的日子。他们的家里素粉墙、水泥地,天花板上还残留着几个手印,那是杨绛当年登着梯子换灯泡时留下的。

杨绛先生的经历告诉我们,每个人都会有一段异常艰难的时光,生活的压力、工作的失意、学业的压力,爱得惶惶不可终日。挺过来,人生就会豁然开朗;挺不过去,时间也会教你怎么与它们握手言和。

我们不知她最终找到了怎样的归途,但在这破碎泥泞的人世间,我们应感谢曾经拥有过这样不负天赋、不负爱情的灵魂。

如花在野

温柔热烈

宋清如

1911
—
1997

她的爱是
一场寂静的燃烧

宋清如

> 当我走完了这命定的路程时,会看见你含着笑向我招手。那时候,我将轻快地跟着你的踪迹,哪管是天堂或是地狱。
> ——宋清如

她是江苏的大家闺秀,是远近闻名的才女。

她拒绝了包办婚姻,实现了自由恋爱。

她继承亡夫的遗志,燃烧岁月,翻译整理了世界名作。

她是文学翻译巨匠朱生豪的妻子。

她是宋清如。

不要嫁妆要读书

1911年,宋清如出生于江苏常熟栏杆桥的富户人家。宋清如天性聪慧,父母在她七岁时便请了一位秀才来家中启蒙。她自小熟读《三字经》《千古文》《古文观止》等古文巨作,对诗书文学的兴趣愈益浓烈，于是父母将她送入新式学堂接受教育。后来，她又考入苏州慧灵女中继续学业，在这里，她孜孜以求，开阔视野，受到了新思潮的洗礼。

幼时，父母做主为女儿与江阴华氏订下婚约。宋清如读完初中，父母便操持起她的婚事，催促她早点完婚，还请来了木工开始做嫁妆。此时，宋清如对婚姻之事已然有了自己的主见，她决绝地反抗这桩包办婚姻，哭喊着："我不要嫁妆，要读书。"

求知若渴的她有一个自由的灵魂，满怀理想的她也想创造一片属于自己的天地。爱女心切的父母最终顺从了宋清如的意愿，让她得以在苏州女子师范完成高中学业。

九一八事变爆发后，宋清如又积极投身抗日救亡运动，出任罢课委员会秘书，领导学生罢课和抵制日货，还带领学生赴南京参加示威游行。

1932年夏，二十一岁的宋清如以优异的成绩考上了杭州之江大学的国文系。才华横溢的她开始攀登新诗创作的高峰，不断向《现代》《文艺月刊》《当代诗刊》等杂志投稿。《现代》杂志主编施蛰存先生专门给她回了一封长信，肯定她在诗感的敏锐、细腻及意象的快速摄取方面都有过人的天分，夸赞其诗"如琼枝照眼"，认为她有"不下于冰心的才能"。她的诗作《再不要》《有忆》《夜半歌声》饱含含蓄凄美的色彩，表露独立自我的意识，展示现代女性对个人生命的理解，称得上是二十世纪三十年代新诗中的精品。

不过，在诗歌上颇有造诣的宋清如却在学校诗社中遇到了一点阻碍。

之江诗社是之江学子们在课余时间交流诗歌的场所，在校内颇有名气。第一次去之江诗社参加活动的宋清如，别出心裁地写了一首每行字数都在递增的宝塔诗。可是当大家见到宋清如的诗作时，都不约而同地沉默起来。

原来，当时诗社以旧体诗为主流，而宋清如写的宝塔诗半文半白、风格独特，在当天社员交流的作品中虽显新潮却突兀。

但也正是这份独特吸引了早已在学校里声名远扬的冰山才子朱

生豪，他看过诗后朝她笑了笑，虽未多言，但无言的安慰最是动人。这一次相遇，将两个如诗的年轻生命拼凑在了一起。

朱生豪踌躇了三天，终于给宋清如写了第一封信，并附上了自己写的三首新诗，两个人就这样开始了书信往来，也开始了长达十年的恋爱。

他们因诗结缘，兴趣相投，常常在一起漫步散心，分享诗歌，说说对文学的见解，谈谈对人生的追求。灵隐古刹、西子湖畔、六和塔下，都留下了这对青年人相伴而行的身影。

我是宋清如至上主义者

1933年夏，朱生豪即将毕业，老师引荐他去上海世界书局担任英汉编译。临别之际，朱生豪将三首《鹧鸪天》赠给宋清如，宋清如则把一支美国康克林墨水笔赠给朱生豪。自此一段闲愁，两处相思，二人只能寄雁传书，聊以慰藉。

在书信里，朱生豪无话不谈，聊理想、谈人生、诉爱情、倾泻喜怒哀乐，读书、品电影、交流诗作、切磋译事……当然，贯穿始终的还是对宋清如的无限思念和爱慕。

朱生豪给宋清如写了三百多封情书，对她的爱称有七十余种，如傻丫头、无比的好人、小亲亲、宝贝、宋宋、妞妞、小鬼头儿、

昨夜的梦、宋神经、女皇陛下等等。这才让人知道，原来这位大才子谈起恋爱来也能肉麻得令人牙酸。

他给自己的署名也千奇百怪，例如：一个臭男人、你脚下的蚂蚁、快乐的亨利、你的靠不住的、常山赵子龙、牛魔王……这些坠入爱河之时的戏谑和自嘲，展现出他风趣幽默又无比真实的一面。

而在那些浪漫甜蜜的絮语和幼稚可爱的称呼外，仍有字字句句拨动着旁观者的心弦。

"风和日暖，令人永远活下去。世上一切算得什么，只要有你。我是，我是宋清如至上主义者。"

"不要愁老之将至，你老了一定很可爱。而且，假如你老了十岁，我当然同样也老了十岁，世界也老了十岁，上帝也老了十岁，一切都是一样。"

"我实在喜欢你那一身的诗劲儿，我爱你像爱一首诗一样。"

有人说，朱生豪一生只有两件事——翻译莎士比亚全集和至死不渝地爱妻子。面对他的一往情深，宋清如也回以最真挚的爱意，写惯了理想与新诗的她，也曾满怀深情地填了一首《蝶恋花》："愁到旧时分手处，一桁秋风，帘幕无重数。梦散香消谁共语，心期便恐常相负。落尽千红啼杜宇，楼外鹦哥，犹作当年语。一自姮娥天上去，人间到处潇潇雨。"

除了给宋清如写情书，朱生豪也找到了自己热爱的事业，他深深着迷于莎士比亚戏剧，曾反复钻研，决心要还莎翁之原貌。他写信给宋清如，说他要开始翻译莎士比亚戏剧作品，要把这一伟大作品介绍给中国的读者。当时，中国还没有一本正式、系统的莎士比亚译作，这是一项为中华民族谋复兴的伟大工程，他把这一宏愿当作人生的至高追求，还决定把译著作为礼物献给宋清如。

宋清如给了他莫大的支持和鼓励，感动地写下《迪娜的忆念》一诗相赠："落在梧桐树上的，是轻轻的秋梦吧？落在迪娜心上的，是迢远的怀念吧？四月是初恋的天，九月是相思的天，东方刚出的朝阳，射出万丈的光芒。"

在鼓励爱人的同时，宋清如也坚持着自己热爱的教育事业。1936年，她从之江大学毕业，到湖州民德女中教书。

抗战爆发后，宋清如辗转四川、重庆等地开展教学工作。留在上海的朱生豪虽有大量译稿在战火中被遗失和烧毁，但这并没有阻挡他的翻译热情。他在忠于原著的基础上，把博大精深的中国古诗词文化韵味渗透其中。他对翻译美学的追求和翻译标准的坚守从未游移过，而这最终让那位英国"天才诗人"的戏剧呈现出了更具东方神韵的魅力。在他沉醉于莎士比亚作品的世界里时，宋清如恰如一束暖阳，照亮着他的生命。

几年后，宋清如回到朱生豪身边，聚少离多的日子总算有了些"尘埃落定"的意味。这些年来，两人因为战乱而颠沛流离，但朱生豪从未停止过给宋清如写情书，宋清如也被朱生豪的深情打动，终于接受了朱生豪的求婚。

1942年5月1日，这对相许相爱的恋人正式步入婚姻殿堂，结束了他们长达十年的爱情长跑。一代词宗夏承焘为这对新人题词：才子佳人，柴米夫妻。

在上海举办完简单的婚礼后，夫妻二人回到老家居住，朱生豪就此闭门专心翻译莎士比亚著作，而宋清如则负责家里大大小小的事情，必要时还要做工补贴家用，为的是让丈夫能够全心全意翻译作品，完成他的毕生所愿。

平日里，宋清如也会当朱生豪的读者，给他整理资料，一起选编唐宋诗词。这对才子佳人的婚后生活，过得平静又祥和，柴米油盐，津津有味。

然而，幸福总是短暂，意外出现得常常令人猝不及防。婚后才两年，朱生豪的身体便出了问题。困顿的生活，超负荷的工作，摧垮了他的身体。再加上当时战乱动荡，医药紧缺，得不到及时治疗的朱生豪，病情日益加重。最终，在1944年底，倚靠在病床上的朱生豪对床边的宋清如轻声说道："清如，我要去了。"说罢，便撒手人寰。

从此中国失去了一个优秀的翻译家,而宋清如也失去了她一生的挚爱。

爱情的可贵,从不以时间为计

面对爱人的逝去,宋清如曾写下过无比哀伤的文字:"你的死亡,带走了我的快乐,也带走了我的悲哀。人间哪有比眼睁睁看着自己最亲爱的人由病痛而致绝命时那样更惨痛的事!痛苦撕毁了我的灵魂,煎干了我的眼泪。活着的不再是我自己,只似烧残了的灰烬,枯竭了的古泉,再爆不起火花,漾不起漪涟。"

她深情写下的《招魂》一诗,亦如一声声殷切的呼唤:

也许是你驾着月光的车轮

经过我窗前探望

否则今夜的月色

何以有如此灿烂的光辉

回来

回来吧

这里正是你不能忘情的家乡

她怀着无限的眷恋，在《两周年祭朱生豪》里写道："当我走完了这命定的路程时，会看见你含着笑向我招手。那时候，我将轻快地跟着你的踪迹，哪管是天堂或是地狱。"

"从别后，忆相逢，几回魂梦与君同"。在没有他的日子里，她也只能凭借书写，记忆他曾经的温度与爱意，只是任凭相思诉尽，再无人回应。

可是，看着刚满一岁的儿子，以及朱生豪生前没能完成的翻译事业，宋清如不得不尽快振作起来。她一边抚养儿子，一边执教，同时，为了使《莎士比亚戏剧》的译稿得见天日，她把全部精力倾注在亡夫未竟的事业上。

宋清如独自完成了朱生豪一百八十万字遗稿的全部整理校勘工作，并亲笔写下译者介绍。因为她知道，爱人留下的已完成的三十一卷半戏剧译稿，是他以殉道者的精神，在十年中的无数个日夜里，为中国翻译界而做的一项最艰巨的工程，虽千万人吾往矣。只是每每在整理校勘的过程中，宋清如都忍不住独自垂泪。

1948年，朱生豪生前翻译的莎士比亚作品在上海世界书局成功出版。朱生豪的译作问世后，博得了海内外学界的广泛好评。美国文坛也为之震惊，认为华人竟有如此高质量的译文，而且出自无名译者之手，实属奇迹。

后来，宋清如又在朱生豪弟弟的帮助下，翻译完了朱生豪生前未来得及翻译的剩下五部半戏剧，最终完成了丈夫的夙愿。

晚年，宋清如把她珍藏了四十多个春秋的朱译手稿全部捐献给国家，供热爱莎士比亚戏剧的人们和专家学者研究之用。至于朱生豪写给她的那些恋人絮语，由于战争和动乱，极大部分信件均已被毁弃。幸存下来的，她本来要烧掉，却终究没有舍得。她把这些信件编成朱生豪书信集，以《寄在信封里的灵魂》为书名，于1995年由东方出版社正式出版。

1997年6月27日，宋清如走完了她八十六年的苦乐人生，临终前嘱托亲人将她与朱生豪合葬在一起。这一对阔别半个世纪的爱侣，如今终于得以重逢。而两人合葬的墓碑上亦铭刻着他们生生不息的爱情：

要是我们两人一同在雨声里做梦，那境界是如何不同，或者一同在雨声里失眠，那也是何等有味。

爱情的可贵与爱人的真挚，从来不以时间为计。在爱意面前，没有什么能改变它分毫，时间不能，生死也不能。

于宋清如而言，更是如此。

如花在野 ◆ 温柔热烈

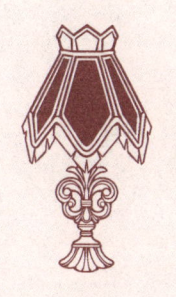

赵萝蕤

1912—1998

不见星河,
只因心中自有皎月

赵萝蕤

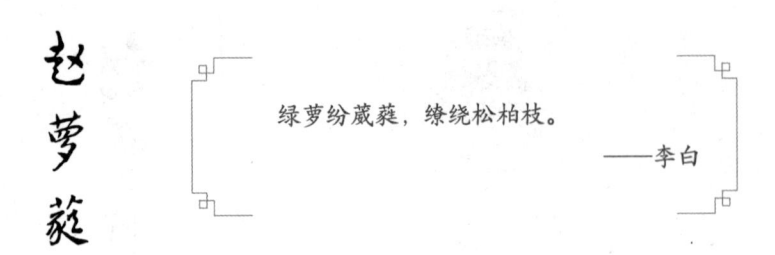

> 绿萝纷葳蕤,缭绕松柏枝。
> ——李白

"萝蕤"一词出自李白的一首诗,它既是香草,也是藤蔓,象征着美好而坚韧的生命力。

为赵萝蕤取了这个名字的,是她的父亲赵紫宸。彼时谁也未曾想到,她的未来竟真的应了这个名字,看上去柔弱不堪,实则坚韧不拔。

她是清华大学百年来最美的校花,她首次把艾略特的《荒原》翻译成中文,她和丈夫为祖国追回了大量国宝级文物。她一生虽无儿女,却留下了许多珍贵的译作。

她是赵萝蕤。

当她出现时，所有人都黯淡无光

赵萝蕤是苏州人，从江南水乡中走来，沾染了一身诗情画意。她七岁进入女子师范学校，主修英语和钢琴，当时所受到的教育完全是西式的。父亲赵紫宸不希望她在文化上忘本，就亲自教授她许多传统文化并带她阅读许多优秀古籍。而颇有天赋的赵萝蕤也总能在文字中捕捉到惊喜之处，她的语文成绩一直都是名列前茅。她读六年级时，语文素养便可与高三学生不分高低。

十岁时，祖父问她将来想得到什么学位。赵萝蕤想了想说："我只想当一个什么学位也没有的第一流学者。"不过，后来聪颖过人的她还是取得了燕京大学学士、清华大学硕士和美国芝加哥大学博士学位。

除了父亲的教导外，赵萝蕤十二岁那年还遇到了一位名师——著名女作家苏雪林。苏雪林十分重视赵萝蕤的写作能力，并悉心教导她。

后来，因父亲赴燕京大学就任院长一职，一家人离开苏州，而赵萝蕤的人生也就此进入新的篇章。两年后，她顺利考入燕京大学中文系，后来又在老师的建议下，转系攻读英国文学。她广博的阅读量和惊人的天赋令燕大教授们爱惜不已，她还在校园里用英语演出过莎士比亚的经典著作《皆大欢喜》，让很多人都为之倾倒。

自燕京大学毕业后,赵萝蕤又顺利考入清华大学,继续深造。在同窗好友眼中她有着娴静优雅的气质,仿若从书中走出的林黛玉。

进入清华的第三年,在戴望舒的邀请下,她着手翻译艾略特的《荒原》。《荒原》是一首晦涩难懂的长诗,征引广博,翻译难度十分大。可赵萝蕤还是做到了,她的译本几近完美,就连其中旨趣都表达得恰如其分。

任谁都想不到,《荒原》的译者竟然是一位二十岁出头的学生。诗人邢光祖读过后,对其不吝赞美:"艾略特这首长诗是近代诗的'荒原'中的灵芝,而赵女士的这册译本是我国翻译界的'荒原'上的奇葩。"

赵萝蕤出版《荒原》译本时,请叶公超作序(因艾略特是由叶公超介绍给中国读者的)。叶公超问:"要不要提你几句?"赵萝蕤却清高地回答:"那就不必了。"

不过,缘分兜兜转转,多年后赵萝蕤还是见到了《荒原》的作者艾略特本人。那时,赵萝蕤和丈夫陈梦家暂居美国,艾略特邀请他们夫妇在哈佛俱乐部共进晚餐。艾略特在赵萝蕤带去的《1909—1935年诗歌集》和《四个四重奏》两本书上签下名字,还在扉页上写下"为赵萝蕤签署,感谢她翻译了《荒原》"的题词。

我望着月亮,却只看见了你

上学时,娴静优雅、才华出众的赵萝蕤是公认的校花,但燕大、清华的才子们却没有一个能入得了赵萝蕤的眼。她客气却疏离地拒绝了一众爱慕者的示好,却偏偏对她父亲的学生陈梦家青睐有加。

当时,陈梦家作为新月派最年轻的成员,与闻一多、徐志摩、朱湘齐名,也称得上声名远扬。

> 天晴,又阴,
> 轻的像浮云,
> 隐逸在山林:
> 丁宁,丁宁,
>
> 不祈祷风,
> 不祈祷山灵。
> 风吹时我动,
> 风停,我停。

那日,同在鸡鸣寺,徐志摩说自己要过一种新的生活,于是陈梦家写了这首《铁马的歌》,诗风灵动翩然,词句不俗。

她爱他,似乎是有理由的,但那理由却与我们想象的有些不一样。

后来,有人问她:"为什么选择陈梦家,是不是喜欢他的诗?"

她说:"不不不,我最讨厌他的诗。"

"那为了什么呢?"

"因为他长得漂亮,我喜欢他英俊的脸。"

的确,陈梦家样貌出众、气度不凡,当得起"光风霁月"四个字,钱穆也说他"长衫落拓,有中国文学家气味"。

不过,赵萝蕤说讨厌陈梦家的诗,只爱他如玉的面庞,其实也是因为她不喜欢"新月派"的理念,宣称要做一个理性的诗人。

普通人谈恋爱是吃饭、看电影、轧马路,文学家谈恋爱则是在《文艺月刊》上刊登《白雷客诗选译》,还要用署名"萝蕤·梦家"大秀恩爱。

陈梦家出身贫寒又立志做个"无用的"考古学者,门第与财力上的悬殊对于赵家来说是绝对的鸿沟,可这对于不入俗流的香草美人赵萝蕤而言却不值一提。经过几年的坚持与抗争,赵萝蕤终于说服了父亲,如愿与陈梦家在大学校园里举行了简单的婚礼。

再后来,战事四起,弥漫的硝烟遮蔽了原有的安稳。1937年,夫妻俩迁居昆明。陈梦家在西南联大教书,以赵萝蕤的学识本可与丈夫并肩工作，但碍于当时不准夫妇同在一所学校任教的旧规，赵萝蕤只得退居二线，做起了家庭主妇。但她决不甘心在柴米油盐中消磨时光，仍坚持在繁杂家务中抽出空来翻译和写作，就连煮饭时也总会拿本狄更斯的书。

她曾经发表过一篇名为《一锅焦饭 一锅焦肉》的小文，那些狼狈不堪、焦头烂额的琐碎瞬间，仿佛是"家庭主妇"这一职业给初到昆明的她的一个下马威。但在那柔弱的外表下掩藏着一颗坚韧乐观的心，即便记叙起这种"将灵魂交了出去"的日子，她的文字中也充满了轻灵的幽默：

一早起来蓬头散发就得上厨房。

没有一本书不在最要紧处被打断，没有一段话不在半中腰就告辞。偶有所思则头无暇及绪，有所感须顿时移向锅火。写信时每一句话都为沸水的支察所惊破，缝补时每一针裁都要留下重拾的记认。

终究是个读书人。我在烧柴锅时，腿上放着一本狄更斯。

她渐渐学会了许多家务，后来连种菜也一并学了，"菜园的总顾问当然是老朋友张发留君了,我从他学会了如何点刀豆,两颗一堂"。

她也承认自己是个乐观主义者,因为悲观无用。"我觉得一切悲伤事结果都是最大的喜事,一切泪珠恨海在世界的喜剧场中都是些美丽的点缀,珍贵的纪念,活泼的教训,经验的演进……所以我对于悲观者永远怀着疑惧。"

其实,翻译艾略特的长诗《荒原》的工作,有一半是赵萝蕤在婚后完成的。其中,除了赵萝蕤自身的努力与坚持外,还与陈梦家的支持和鼓励有关。

工作之余,陈梦家时刻照顾妻子的情绪。比如,有段时间朱自清经常去陈家吃饭聊天,陈梦家就代替赵萝蕤包揽了一切待客事宜,甚至还引起了朱自清的不快,他回家后在日记里写下"陈太太始终在厨房里吃面包黄油",读来令人忍俊不禁。

直到1944年,陈梦家受邀到美国芝加哥大学任教,赵萝蕤一同前往深造。在她摇摆于读硕士还是读博士时,陈梦家鼓励她道:"你一定要取得博士学位!"

在一流的学府,赵萝蕤如鱼得水。学业之余,夫妻二人听音乐、看戏、参观博物馆、拜访古董商,从读书到艺术,他们彼此欣赏,愈发情投意合。

在此期间，陈梦家编写了《海外中国铜器图录》，还用英文发表了多篇著作。夫妻二人共同搜集了大量流失海外的中国青铜器资料，并找回了许多国宝级文物。

月色之下，站着春闺梦里人

那段岁月，或许是赵萝蕤与陈梦家最充实而充满理想的日子，但他们并不贪恋在美国的生活。

1947年，陈梦家先行回国到清华大学任教，赵萝蕤则留在美国继续完成她的博士论文。隔着遥远的距离，他们只能将温情留在字里行间。

得知妻子要做衣服，他在信中说："小妹，闻你欲做衣，在其店中挑一件古铜色的缎子并里子。"

买了件小古董，他也立刻写信向她汇报："此等东西，别人未必懂得它的妙处，而我们将来万一有窘迫，可换大价钱也……你看了必高兴，稍等拍照给你。"

有人说，爱的本质是无止境的分享欲。爱情中最浪漫的不是玫瑰，也不是情话，而是无论距离多远都无法阻碍彼此的交流与互动。在一件件琐碎的小事和一封封往来的书信中，欢喜与爱跃然纸上。

1948年，平津战役打响，北平即将解放，刚刚获得博士学位的赵萝蕤听到这一消息后,没有丝毫犹豫地放弃了来年六月在著名的洛克菲勒教堂登台接受博士学位的机会,搭乘第一艘运兵船"美格斯将军号"离开美国,前往上海。

很多年之后,当人们赞誉着钱学森等在烽火中回国的赤子时,赵萝蕤的事迹却鲜为人知,但我们不应该忘记她。

抵达上海后,她哥哥全家已经搬去了香港,而去往北平的火车和轮船都已经停运,赵萝蕤最终托查阜西帮忙,搭乘傅作义运粮食的飞机前往北平。飞抵天津上空时,她听到了解放军的炮声。1月31日,北平宣布和平解放。而陈梦家则用最浪漫的方式去迎接他的爱人——他和朋友们骑着自行车,把赵萝蕤接回了清华。

学成归来的赵萝蕤兴奋地发现,在新中国的旗帜下男女平等,女教授也能施展拳脚,她再也不需要像过去那样蜗居灶台,燕京大学外文系正等着她和同事们一起奋斗。她连忙写信,邀请了仍在芝加哥大学读书的巫宁坤回国任教。

没想到的是,不久之后的院系调整却给了赵萝蕤一记闷棍。作为教会学校的燕京大学被解散,赵萝蕤被转去北京大学西语系,巫宁坤则被调往天津。赵萝蕤忍不住落泪,为了巫宁坤,也为了她自己的壮志未酬。

幸而，还有陈梦家的抚慰。那时，他已调入中科院考古研究所，夫妻二人分居城内城外两处。陈梦家给妻子写信，末尾一句时常是"你放心吧"。

完成《殷墟卜辞综述》后，陈梦家用稿费买下一座四合院，让赵萝蕤得以在这处令人安心的院落中舒缓身心，治愈伤痛。

多年后，赵萝蕤仍会回想起那段宁静美好的日子："有时半夜醒来，还看见梦家屋子里的灯还亮着，或是在写作，或是在欣赏家具，他会静静地坐在这里，似乎是在用他的心和这些家具交流。"

这对天真的夫妇守着书斋，守着那些明式家具和斯坦威钢琴，以为书中自有岁月静好。可惜这只是一厢情愿。

如果说"有匪君子，如切如磋，如琢如磨"是陈梦家前半生的印证，那么"世乱为儒贱尘土，眼高四海命如丝"大概就是他后半生境况的真实写照。

有人提出要废除汉字，采用拉丁字母，陈梦家公开反对，表示千万不能放弃使用汉字。没想到这件事成了一个导火索，让他们夫妇在特殊时期遭受了极其不公正的待遇。赵萝蕤的精神因此而受到重创，数度崩溃，甚至患上了精神分裂症，被送入医院治疗。

陈梦家在给王献唐的信里，这样说道：

我与她共甘苦已廿五载,昨日重送入院,抱头痛哭而别,才真正尝到了这种滋味。

小小庭园中,太太心爱的月季业已含苞待放,令箭荷花射出了血红的几箭,最可痛心者是一群黄颜色的美人蕉全开了。美人蕉啊,何以名之为蕉?憔悴乎?心焦乎?

后来,他下放去居庸关劳动,几乎每天给赵萝蕤写信,有点啰嗦,也有点可爱:

你的健康是我唯一挂心的事,但其实,你已经好得差不多了。

我买了几卷柠檬糖,居然想吃几颗了。

我理发一次后,并未剃胡子,棉衣很脏了,见到时不要怕。

他最想说的,其实还是这一句:"我们必须活下去,然必得把心放宽一些。"然而,他虽这样劝她,自己却未必做得到。

他们居住的小院里有一棵小树,至今也不知是什么品种。1966年9月3日,陈梦家在这棵树上,结束了自己的生命。

有人说，这样的死是一种抗议。

失去挚爱的赵萝蕤如同陷进黑暗的深渊，不见天日。

待风止浪息后，赵萝蕤得以继续执教，对于曾遭受的苦难只字不提，只埋头于翻译和教学工作。在晦涩的黑暗中，文学如一盏昏黄的烛灯，照亮了她的前路。晚年的赵萝蕤独自一人，无儿无女，一心扑在学术研究上，用十二年的时间完成了七十六万字的《草叶集》译本，震惊学术界，美国的《纽约时报》也对她的学术成就赞叹不已。

晚年时，赵萝蕤的病情时好时坏，少有人知道这位走过半世沧桑的老太太年轻时的芳华。她将痛苦与思念藏进心底，为后世留下《荒原》与《草叶集》两部神作的译本，其余的只字不提。

1998年，赵萝蕤去世，享年八十六岁。

2000年，那座见证了岁月沧桑与浓浓情意的四合院也被拆除了。

如花在野

温柔热烈

吴健雄

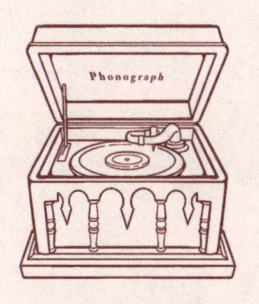

1912—1997

她在平芜尽处,
远望春山

吴健雄

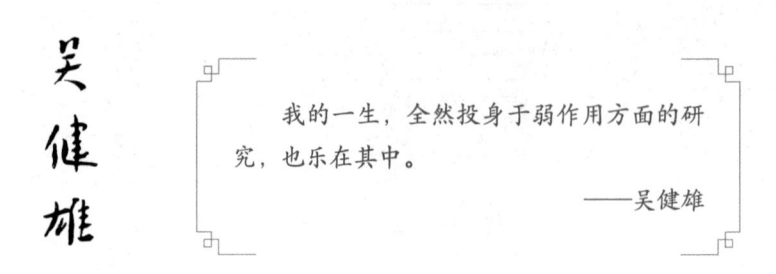

> 我的一生,全然投身于弱作用方面的研究,也乐在其中。
>
> ——吴健雄

她被誉为"原子弹之母"和"东方的居里夫人"。

她是迄今为止最杰出的华人女科学家,她是华人与世界的骄傲。

她的墓碑上刻着"一个永远的中国人"。

她会让你感到惊讶,一个女性竟然可以从内到外,优秀到如此地步。

她身上有许多响亮的标签,"物理研究的第一夫人""世界物理女王""普林斯顿第一位女讲师""哥大历史上第一位物理系女教授""美国物理协会第一任女会长"等。它们纷纷体现了世界对这位在由男性主导的领域大放异彩的女性的敬重,而隐藏在这些标签背后的也是一个胸怀大志、不卑不亢的女性灵魂。

她是吴健雄。

追风赶月莫停留

1912年，吴健雄出生于苏州太仓的刘河镇，主张男女平等的父亲，为她起了这个响亮的名字。

吴健雄出生于江苏太仓的书香门第，祖父是清朝秀才，父亲名为吴仲裔，是民国时期的高材生，曾追随孙中山，参加过北伐战争。他还是一个非常开明的进步绅士，致力于女权运动，倡导男女平等。从取名的那一刻起，父亲就一视同仁地对待女儿和儿子，按照"英雄豪杰"的顺序，给排行第二的女儿取了"吴健雄"这个听上去十分阳刚的名字。

父亲对这个自幼便展露出过人天赋的女儿也寄予了厚望，时常给女儿念《申报》上的科学文章，还送给她一个自己组装的矿石收音机，这激发了吴健雄对自然科学的兴趣。父亲不仅关注自己女儿的成长，还心怀大义，在故乡浏河镇创办明德女子学校，广纳四乡民女读书，通过教育抹去"女子无才便是德"的性别偏见。

从明德女子学校毕业后，十一岁的吴健雄来到苏州第二女子师范学校读书，这是当时非常著名的一所学校。校长杨诲玉女士是一位很有眼光的教育家，经常邀请一些知名学者来学校演讲。在这些学者中，给吴健雄留下深刻印象的正是胡适先生。

其实，早在胡适来学校演讲之前，吴健雄就读过他的文章且十分敬佩他。校长知道吴健雄文章写得好，还是胡适的忠实读者，于是便将撰写演讲记录的任务交给她。

这一场以"摩登妇女"为主题的演讲，给吴健雄带来了极为深刻的影响。那位思想先进、温文尔雅的先生，从《新青年》中走出来，进入她的学习生活。中学毕业后，吴健雄带着崇敬之心前往胡适任教的上海中国公学就读。

在一次由胡适监考的考试中，吴健雄坐在最前面的位置，行云流水般写下自己对清朝三百年思想史的见解。在教务处提交卷子时，胡适向杨鸿烈、马君武提起自己给了一位学生满分成绩，杨、马二人也表示自己班上有位学生总考满分。三人说着便将自己提到的学生名字分别写在纸上，一对照才发现三人写的都是吴健雄。

这次考试让吴健雄获得了胡适的赏识，也为二人建立起了一生的师生情谊。吴健雄钦佩老师的为人，而胡适也欣赏学生的才华。胡适曾说："我一生到处撒花种子，绝大多数都撒在了石头上，其中有一粒长出了一个吴健雄，我也可以万分欣慰了。"

吴健雄天资聪颖，对于科学有着极大的好奇心和求知欲，在学校的图书馆里，阅读了一些有关相对论和电子等方面的书籍和资料后，就对其产生了兴趣。一年之后，她更是从数学系转入了物理系，迈出了她人生中最为重要的一步。

当时，中央大学的物理系可谓名师云集，除了有研究光学的系主任方光圻、主攻天文方向的张钰哲之外，还有一位刚刚归国的教授施士元。施士元曾在法国巴黎大学镭研究所跟随居里夫人从事多年研究工作，是居里夫人带出的唯一一位中国物理学博士。教学之余，他总向同学们讲述居里夫人的种种逸事，更是令吴健雄心生敬仰。

平芜尽处是春山

1934年，中央大学理学院院长孙光远在一片掌声中为吴健雄戴上了学位帽。当时，在中央大学就读的女学生并不多，能在物理系顺利毕业的更是少之又少。

毕业后的吴健雄先是在浙江大学物理系担任助教，后在胡适的推荐下，前往中央研究院物理研究所工作。在这里，她遇到了另一位同样优秀的女性前辈，那就是中国近代历史上第一位女性物理学博士顾静徽。

1929年，顾静徽成为美国物理学会会员，两年后又在美国密歇根大学取得物理学博士学位。回国后，她一边在中央研究院物理研究所任研究员，一边从事教学工作培养人才。

在顾静徽的坚持下，研究所成立了核物理研究室。研究室条件简陋，总共八十平方米，其中十四平方米用铁门隔开，摆上长桌、椅子、两张沙发和茶几，便是休息室和会客室。剩下的区域则用作实验室，摆放实验器材。就是这样一间昏暗潮湿的实验室，恰如当时在黑暗中艰难摸索的中国科学界的缩影。吴健雄和顾静徽全身心投入这间陋室，反反复复地撞南墙又再出发，只为捕捉真理的微光。

可是好景不长，日军侵略，战事迭起，内忧外患将国家撕扯得伤痕累累。覆巢之下，安有完卵，研究所像滔天巨浪中的一叶小舟，难以前进。顾静徽见吴健雄风华正茂、潜力极大，所以纵然万般不舍，也不想她一直被困在原地，耽误前途。她建议吴健雄出国深造，走向更广阔的天地。

其实，随着吴健雄对物理的研究深入，她发现国内的物理研究已经无法满足自己的学习需求了，最终在父亲的支持下，吴健雄远赴美国求学。

初到美国的吴健雄目标明确，拒绝了哈佛大学、耶鲁大学和哥伦比亚大学等名校，选择留在聚集了一大批年轻且水平顶尖的物理学家的加州大学伯克利分校。此时，正是物理学在原子核研究方向大放异彩的年代，校园里人才济济。与她同窗的，是未来的加拿大物理学会会长、国家科学顾问沃科夫；教她量子力学的年轻教授，是未来的"原子弹之父"奥本海默；指导她博士论文的赛格瑞，是未来的诺贝尔奖得主。

在这里，吴健雄获得了开启物理学尖端领域殿堂的钥匙，但与此同时，她也承受着无形的压力。她成绩优异，向学校申请奖学金，但当时的美国社会对东方人抱有歧视，从未给东方学生发过奖学金，所以最后只给了她助读金。即便如此，身在异国的吴健雄始终坚持着两件事：一是衣着，她始终保持在国内的一贯装束——高领旗袍；二是饮食，她吃不惯西餐快餐，寻觅到一家物美价廉的中餐馆后，不仅成为这里的常客，还介绍其他同学前来光顾。

在校期间，吴健雄潜心研究，偶尔同袁家骝结伴去图书馆。袁家骝的父亲是袁世凯的二儿子袁克文。二人谈天说地，慢慢熟识、相知、相恋。1942年，二人决定走入婚姻殿堂，婚礼就在美国第一位诺贝尔奖得主罗伯特的花园里举行。罗伯特举着香槟说道："我送你们的礼物是一句赠言，愿你们在今后的岁月里，实验第一，生活第二。"这句话成为吴健雄与袁家骝的座右铭。

时值太平洋战争爆发，双方父母没能来参加婚礼，但卢嘉锡、钱学森、张文裕等当时在美国的中国留学生皆闻讯而来，现场热闹非凡。草坪修剪得十分整洁，阳光透过浓密的绿叶洒满了一地，吴健雄与袁家骝在欢声笑语中挽手迈入婚姻殿堂。

同年，吴健雄报名加入研制原子弹的曼哈顿计划却遭到拒绝，只因为她是女性，还是穿着旗袍的东方女性。但后来，曼哈顿计划在核心技术难题上遇到了瓶颈，一筹莫展之际，还是靠吴健雄的一篇论文解答了这一难题，于是吴健雄作为唯一的华人，被邀请参与原子弹研制计划。她也因此而被人们称之为"原子弹之母"。

但是，曼哈顿计划成功之后，所有项目成员都得到了嘉奖，只有吴健雄被选择性地遗忘了。

1956年，杨振宁和李政道发表的论文推翻了物理学的固有常识，但当时的学界对此不屑一顾，唯有吴健雄挺身而出，不仅证实了宇称不守恒定律，还帮助杨振宁和李政道获得了诺贝尔物理学奖。但是再一次地，吴健雄被遗忘了。

杨振宁曾说："吴健雄改变了整个物理学的历史，所以她接受任何荣誉都是当之无愧的。"

后来，杨振宁也数次向诺贝尔奖组委会提名吴健雄，并且只要吴健雄在场，总是推她坐首席的位置。

多年来，吴健雄未对此事公开发表意见。但她在写给友人的一封信中，曾这样说道："我的一生，全然投身于弱作用方面的研究，也乐在其中。尽管我从来都没有为了得奖而去做研究工作，但是当我的工作因为某种原因而被人忽视，依然是深深地伤害了我。"

在求学与职业生涯中，吴健雄曾多次因女性身份受挫，如或因亚裔女性的身份难以得到奖学金，或在与老师初次见面时被担心"无法吃苦"，或在工作岗位中难以得到重用。

但她坚持用果敢、细致与智慧证明着自己，更在诸多领域踏出代表女性的第一步。最为科学界称道的，是她在四十年科学生涯中实验工作的完整性和准确性。她从没有做过一个错误实验，可以想象这背后需要怎样的严谨稳重与严格要求。

而她更在春山外

吴健雄成名后，始终没有忘记初心，时刻惦记着祖国的科学发展工作。

每当国家遇到困难时，她都心急如焚。有两次她甚至都已经买好了回国的船票，但是因为各种原因没能成行。

一次是在1937年，卢沟桥事变发生后。当时在美国的吴健雄听到这个消息后，非常愤怒，想立即回国，报效祖国。她写信给顾静徽，表达了自己的想法。但就在启程前，她收到了顾静徽的回信。信中，顾静徽将国内的形势详细分析了一番，那时的中国积贫积弱，而吴健雄研究的核物理属于高端科技，暂时在国内无法实现，更无法应用。她回来对国内局势没有太大帮助，不如暂且留在美国继续进修，等待时机。

第二次是新中国成立时，听到钱学森回国的消息，吴健雄、杨振宁等人也想一同回国。但是钱学森觉得，他们的主要方向都在学术研究之上，当时的中国还没有这么先进的基础条件，回去后发挥的作用有限，便建议他们留在美国继续做研究，待到将来研究有所突破之时，再返回国内，帮助中国腾飞。最终，钱学森说服了他们。

没想到的是，在钱学森回到国内后，美国加大了对华裔科学家离境的审查力度，加上当时中美关系降到冰点，更是不可能将如此有名的科学家放回国内。

1972年，中美关系正常化，尼克松访华，吴健雄夫妇终于看到了回国的希望。

第二年，吴健雄夫妇便迫不及待地申请回国。他们先是抵达广州，后又回到吴健雄的家乡浏河。她的父母早已离世多年，唯有父亲创立的明德学校依然矗立，书声朗朗。踏上这阔别近四十年的故土，他们心中感慨万分，离开家乡时尚在青葱岁月，再回故土时已是两鬓斑白，一句物是人非，道尽辛酸。

祖国对吴健雄夫妇的归来也非常重视，周总理亲自接见了这两位科学家，很多阔别已久的老朋友也一起来欢迎他们。

从这以后，吴健雄夫妇便频繁往来于中美两国，他们积极推进两国间的学术交流，引荐中国留学生到美国学习，为中国培养了很多急缺的技术人员，为科学发展提供了很大帮助。

吴健雄多次在母校南京大学、东南大学等地举行学术报告会，而且平均两天一场。她还专门在南大和东大设立了奖学金。

1997年，吴健雄病逝，享年八十五岁。按照遗愿，她的骨灰被安放在故乡苏州太仓的浏河镇。她的墓碑上刻有一行字：一个永远的中国人。

当我们翻阅一张张旧照，走进吴健雄的生活时，就会发现她不仅是一位荣誉等身的科学家，更是一位情感丰富、优雅温柔、思想先进的东方女性。她偏爱旗袍，做实验时也是内穿旗袍外罩实验服，乌亮的黑发总是高高盘起，吴侬软语如江南烟波般柔美。她的穿着打扮、言行举止，无一不流露着来自东方国度的儒雅温和。

闲暇时间，吴健雄鲜少听歌剧、话剧和流行音乐，而是钟情于京剧、昆曲。她始终记得在国内读书时，叔叔曾带她看了两次《牡丹亭》与《游园惊梦》，她看后逢人便说昆曲的词曲之美。后来，叔叔送了她的一台老式留声机，咿咿呀呀传出的唱腔陪伴她度过了无数思乡时光。

她与袁家骝的家中，挂着徐悲鸿、张大千、吴作人等名家的国画，还有中式地毯、木质雕花家具和梅兰竹菊的安徽铁画，让身在异乡的两人时时感受家乡的气息。

即使定居美国，吴健雄心里始终有一个最温暖柔软的角落，留给那写满了乡愁的江南水乡。那里有祖父抱着她笑得满脸皱纹，轻唤她的乳名"薇薇"；有母亲在她临行前温柔地叮嘱，并在烛光下反复检查随行物品；有父亲握着她的小手，摆弄着收音机，逐字逐句地告诉她古书典籍里的英雄故事与人生哲理……

如花在野

温柔热烈

何泽慧

1914—2011

她生来就是高山,
而非溪流

何泽慧

> 古人都说巾帼不让须眉,我们国家老是被欺负,就是因为科技落后,物理再难我也要学。
>
> ——何泽慧

她是中国第一位物理学女博士、中科院第一位女院士。

她把自己的家宅苏州园林网师园捐给了国家,而自己却蜗居在二十平方米的破房子里。

她因为二十五个字的情书嫁给了钱三强,与丈夫一起推动我国的科学事业发展,被誉为"中国的居里夫人"。

面对困境,她从不抱怨。她低调一生,九十岁时还挤公交车去上班,是一位真正的精神贵妇。

她是何泽慧。

科学面前，男女平等

苏州因其独特的风景与氛围，是历朝历代清流文人所青睐的定居之所，这种情况到了清晚期更盛，而何家便是其中显赫的以科举闻名的簪缨世家。他们这个家族光是在三百年清朝就出过十五名进士、二十九位举人、二十二名贡生及六十五名监生。

1914年春天，苏州园林式大宅院灵石何寓里，一个女孩呱呱坠地，父亲给她取名为"何泽慧"。

何泽慧的外祖父是蔡元培的老师，外祖母谢长达也是著名的教育家，创办了中国最早的女校——振华女校。她的父亲何澄是跟随孙中山的革命者，是老同盟会会员，更是山西剪辫子第一人。辛亥革命后，何澄不齿政局的黑暗，于是转身回乡兴办实业，改行教育。何泽慧的母亲王季玉亦非平常人物，她是国内少有的女翻译家。

何泽慧年幼时，因父亲开办工厂，家中积蓄颇丰，所以每逢假期，父亲经常带着他们全国旅游，家里也早早购买了照相机，因此留下了丰富的影像资料。何家非常重视子女的教育，何泽慧的这一代的兄弟姐妹中共有四位物理学家，一位植物学家，一位医学家，足以媲美梁启超家的"一门九子三院士"。

抗日战争全面爆发后，父亲何澄命五个儿子全部放下手头的工作与学业，前往大后方支援抗战。1948年，何泽慧与丈夫带着刚出生七个月的大女儿回国，共同从事核物理研究工作；何泽慧的姐姐何怡贞也从美国返回。1949年，何泽慧给在台湾大学读研究生的妹妹何泽瑛寄去五十美元，帮她买到最后一班回北平的船票。何家子女在新中国成立前，全部回到大陆，报效祖国。

从振华女校毕业后，何泽慧决定继续学业。她随身只带了两元钱，便与几位女同学搭船来到上海，在一位同学家里搭铺过夜。在上海，她分别参加了浙江大学与清华大学的招生考试。

谁也没有想到的是，何泽慧竟考了个状元。她后来回忆起此事，并未多谈自己为之付出的努力，只是狡黠而风趣地说："考浙江大学的有八百多人，我报考的是物理学系，他们取的只有我一个女生，你说我的运气好不好？清华大学人多而且特多，一共有近三千人，清华的希望小得不得了！"

不过，即便是最不抱希望的清华，也被她考上了。那一年的清华大学物理学系总共录取二十八人，她正是其中之一。面对两所名校的录取通知书，何泽慧最终还是选择了清华。

在清华大学，曾有教授以女生学不好物理为由，劝她转系。但她倔强执着不服输，不仅没有转系还成为其中的佼佼者。清华的学业格外繁重，秉持严进严出的教学准则，最终只有十人顺利毕业。十八岁的何泽慧以第一名的成绩自清华大学物理学系荣誉毕业，而成绩排在第二名的同学，叫作钱三强。

钱三强是一代国学大师钱玄同的儿子，家学渊源深厚，天性聪敏，勤奋好学。受家风影响，他从小便博览群书、兴趣广泛。在清华大学读书时，他与何泽慧成了同学。

那时，学校餐厅有用餐时男女生搭配编席的规定，钱三强和何泽慧及另外六名男生被编在一桌。何泽慧发现钱三强同学每逢入席退席，总是彬彬有礼，颇具风度，不由得对他生出了几分好感，而钱三强也很难不注意到这位优秀且独立的女同学。他们二人在清华园相遇相知，后来更是成为彼此一生的挚爱。不过，二人在校期间

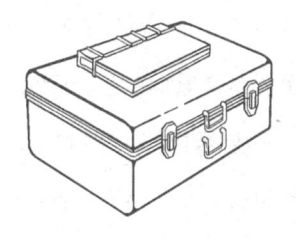

只能算是友情至上、恋人未满的状态，彼时的何泽慧将更多的心思放在了学业上，她理想中的爱情是"树与近旁的一株木棉"，并肩而立。

或许，爱情真的是世界上最难以掩藏的事。与他们同期毕业的好友于光远隐约察觉出二人的微妙氛围，因此经常打趣他们二人简直就是郎才女貌、天生一对。二人每每听闻此语，虽总是一言不发，却悄悄红了耳尖。

只有二十五个字的世纪情书

正值国家危难之时，为了更好地报效祖国，毕业后两人把儿女情长藏在心底，奔赴更远阔的梦想。钱三强去往法国留学，成为物理学家居里夫人的助手，而求知若渴的何泽慧进入柏林工业大学继续攻读物理学。

为了能学有所用，为祖国的抗日事业贡献一份力量，她毅然决然地选择了实验弹道学专业。当时，这个军事学专业不收女学生，何泽慧就真诚地给学校写了一封信，信中说她的祖国正遭受日本的侵略，她学习这一专业是为了打击侵略者。这份真诚打动了校方，也使她成为全世界第一位学习弹道学的女学生。

何泽慧潜心学习多年，顺利获得了博士学位，成为中国第一位物理学女博士。此时，第二次世界大战爆发，战事频发，一心归国的她却无法离开，只能继续留在德国。后来，她进入柏林西门子工厂弱电流实验室，从事磁性材料研究。三年后，她到德国海德堡威廉皇家学院核物理研究所工作，开始接触原子核物理。在此期间，她发现了原子核正负电子碰撞这一重大现象，并将成果发表在《自然》杂志上，引起物理学界轰动，促进了核物理研究的发展。

同是这段时间，德国与法国终于恢复了通信，于是何泽慧给七年未见的钱三强写了一封信。但是在战争期间，即便是这样的私人信件也是不能封口的，而且内容仅限二十五个字。何泽慧在信中写道："你是否还在巴黎，如可能，代我向家中的父母写信报平安。"

从这之后，两人便书信往来不断。他们便用这短短的二十五个字，讨论天气，讨论学术，讨论未来……一封封书信宛如鹊桥一般，连接了身在异国他乡的两位青年男女，也唤醒了沉睡多年的情愫。

钱三强终于鼓起勇气向何泽慧求婚。在同样一封仅限二十五个字的信里，他写道："我向你提出结婚的请求，如能同意，请回信，我将等你一同回国。"

何泽慧看到信后没有丝毫犹豫，提笔写下："感谢你的爱情，我将对你永远忠诚。等我们见面后一同回国。"

战争结束后，何泽慧辞去德国的工作，来到了法国，与钱三强

在巴黎举办了简单的婚礼。就连极少参加社交活动的居里夫妇也双双出席了他们的婚礼,并送上美好的祝福。

婚后,何泽慧与丈夫钱三强共同致力于科学研究,互相帮助,配合默契。何泽慧在丈夫的推荐下,加入了巴黎大学居里实验室。这对物理学伉俪在实验研究中,一同发现了铀核裂变的新方式——三分裂和四分裂现象,震惊了世界物理学界,这一发现被称为第二次世界大战后物理学上最有意义的一次发现。何泽慧也因此而被称为"中国的居里夫人",成为各国争抢的物理学家,但她却选择和丈夫一起回到时局艰难的祖国。

一生温良不改,爱而无畏

就这样,何泽慧与钱三强放弃了在法国优渥的生活条件,于

1948年克服各种阻力，从欧洲回到久别的祖国，参与组建物理研究所。

新中国成立之初，可谓一穷二白，百废俱兴，与国外优越的科学研究条件自是无法相比，甚至连很多基础的科学仪器都没有。为了组建研究所，何泽慧与钱三强东奔西跑，甚至到废品收购站与旧货市场搜罗一切能用的元器件。

后来，何泽慧再忆起那段岁月时，乐观地说："那会儿什么仪器也没有。到街上、旧货摊上买东西，连个钳子也都要现买。反正难不倒我。"

在何泽慧与钱三强的努力下，物理研究所的规模从刚开始的五个人迅速扩大到一百五十人，一支庞大的科研队伍让新中国的物理科学研究步入正轨。

何泽慧与钱三强为新中国核弹事业发展做出了杰出贡献，但大多数人只知道被誉为"中国原子弹之父"的钱三强，却不知担任中子物理研究室主任的何泽慧主持建成了我国第一台核反应堆和回旋加速器，同样为中国核事业奋斗终生。我国核弹事业的发展与钱三强和何泽慧的努力是分不开的。

但在特殊时期，夫妻二人仍遭受了命运的摧折。

第一颗原子弹试爆成功后的第三天，钱三强被强制安排进行劳动改造。他被下放到陕西，一天，正在劳动中的他抬头看到一个佝偻着身体打扫厕所的妇女，觉得眼熟，但又不确定。走近一看，他忍不住落下泪来。钱三强怎么也想不到与妻子再次见面会是这种场景。他再也控制不住情绪，拉着妻子的手，说："你对得起这双做科研的手吗？"

何泽慧却比丈夫更平静，说："没什么对不起，无论什么工作，只要对国家有好处，我都不介意。"

就这样，夫妻二人相互搀扶着，走过了这段艰难的岁月。

1972年，钱三强与何泽慧回到北京重新投身科学事业。钱三强担任了中国科学院副院长，而何泽慧则被调到中科院高能物理研究所，投身天体物理的研究。

1992年6月28日，钱三强因心脏病逝世，享年七十九岁。

1999年，钱三强被追授为"两弹一星"功勋科学家，何泽慧当场泪如雨下。

丈夫钱三强离世后，何泽慧一直蜗居在中关村的一个老小区里。这里曾经聚集了中国最高级的一批"大脑"，包括九位院士、八位"两弹一星"元勋。后来，人们纷纷告别这个老小区，只有她拒绝搬走，因为这里是她和丈夫钱三强永远的家。家里的布置也维持着钱三强在世时的模样，东西几乎没有变过位置。这里见证了他们参与核科学事业的历史，也记录着他们的爱情和生活。

直到人生暮年，何泽慧还在为我国科学事业四处奔走，已年逾九十的她依然坚持去单位上班，甚至还会乘坐长途卧铺列车参加学术会谈。

2011年，低调一生的何泽慧先生走了，享年九十七岁。

何泽慧与钱三强相濡以沫半个多世纪，在生活中他们是幸福的伴侣，在工作中他们是完美的伙伴。如今，两位值得敬佩的科学家已携手远去，而这段浪漫的世纪之恋，却将如同那举世震惊的蘑菇云一般，永恒地镌刻在人们的记忆之中。

2017年，慧眼射线望远镜在酒泉卫星发射中心成功发射。这是中国第一颗空间X射线天文卫星，而"慧眼"这个名字正是为了纪念高能天体物理学家何泽慧。

往事如烟，逝者如斯。

向伟大的科学家何泽慧先生致敬。

如花在野

温柔热烈

潘素

1915
—
1992

她凭一身旧雪,
沾染料峭春风

潘素

> 予怀渺渺或清芬，独抱幽香世不闻。作佩勿忘当路戒，素心花对素心人。
> ——张伯驹

都说民国爱情十有九悲，可她和她的丈夫却是个例外。

她是没落的大家闺秀，是色艺双绝的琵琶女，也是中国近代的女画家。

张大千评价她是中国青绿山水第一女画家，周总理称赞她的画有时代气象，她的作品也多次被当作国礼赠送给外国元首。

故宫里的顶级书画文物有一大半都是她和丈夫捐赠的，夫妇二人如同武侠世界里的神仙眷侣，书画合一，笑傲江湖，再悄然归隐。

"留秋碧传奇，求凰一曲，最堪怜还愿，为鹣鲽不羡作神仙。"

无惧岁月的侵蚀，不怕命运的风霜。彼此了解，相互扶持，世间传奇，莫过于此。

她是潘素。

落雪之下，各有各的隐晦与皎洁

"潘步掌中轻，十步香尘生罗袜。妃弹塞上曲，千秋胡语入琵琶。"

夜月秦淮，十里洋场，琵琶女潘妃之名可谓无人不知，无人不晓。有人说她沾染书香，气质脱俗，见之不凡；有人说她出身名门，是前朝宰相的后人，琵琶技艺无人能敌。无数名流为了一睹潘妃风采不惜一掷千金，更有人好奇这样一位出身不俗的大家闺秀何以流落至此……

潘素，原名潘白琴，1915年生于苏州。先祖潘世恩是乾隆五十八年的状元，历任礼部、兵部、户部侍郎，名列"苏州三杰"，子孙绵延，文脉不绝。如此家世背景，若不是摊上个顽劣败家的父亲，她本该拿到一手命运的好牌。

她的父亲潘智合是个胸无大志的纨绔子弟，终日游手好闲，只等坐吃山空。幸而，她的母亲沈桂香出身名门，相当重视对子女的教育，不惜重金聘请名师教授女儿书画和音乐，将潘素培养成大家闺秀。年仅十岁的潘素，琴棋书画无一不通，且尤擅琵琶。

母亲操劳奔走的身影落入潘素的眼中，令年幼的她心疼不已，却也让她明白虽然身处于男尊女卑的时代,但女性同样可以倔强而有尊严地活着。

只是还未待女儿长大成人,沈桂香就因病故去了。潘素不仅失去了最疼爱她的母亲,也失去了一个稳定的生活环境。父亲根本没有持家的能力,潘家自此陷入一片混乱。

母亲尸骨未寒,父亲便迎娶性情乖戾刻薄的王氏为妻。生活在同一屋檐下,潘素默默忍受着继母的苛责。她本想忍得一时便可安稳度日,却未曾想到心狠善妒的继母竟把她连同那把琵琶一起卖去了上海。

尽管上海距离苏州并不遥远,但年仅十三岁的潘素却十分清醒,她知道,家已经是她再也回不去的地方了,就像疼爱她的母亲再也不会回来一样。于是,她平静地拿起了琵琶,在众人面前弹奏了起来。身处"吃人不吐骨头"的风月场,潘素首先要考虑的便是如何活下去。

听过潘素弹琵琶的人,都对她的技艺赞不绝口。很快,她的名气便传遍了十里洋场。人们给潘素起了一个雅号"潘妃",以此来彰显她的不同。

随着年龄的增长,潘素的容貌也愈发出众,而且出身名门的她始终带着一股端庄优雅的气质,这让她在一众浓郁的脂粉香中显得极为特别。无数名流公子、青年才俊豪掷千金，只求见潘妃一面，听一曲琵琶。

其中，有一位名叫臧卓的国军中将更是对潘素一见倾心，发誓要将其娶回家中。臧卓的出现让潘素看到了生活的希望，然而在臧卓看来，娶她回家根本是不可能的事。他对潘素的承诺也无非是想让她钟情于自己，这是一个很自私的承诺。也就在这时真正改变潘素一生的人出现了，他就是与袁克文、溥侗和张学良并称"民国四公子"的张伯驹。

张伯驹出身显赫，其父张镇芳是中国盐业银行的创始人，表叔是民国第一任大总统袁世凯。他自幼聪颖好学，七岁入私塾，九岁能写诗，一本《古文观止》倒背如流。长大后，看多了军阀内斗的张伯驹却毅然脱下军装，从此在家读书、写诗作画、看戏唱曲，只谈风雅，不讲派头，仿佛当真要做一位名士。

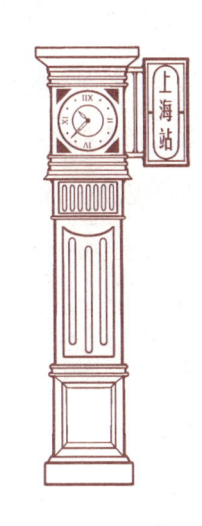

一次，张伯驹前往上海盐业银行审计账目，听友人提起潘妃，非常好奇，便想一探究竟。

没想到，就是这台上台下遥遥相望的一眼，张伯驹就被这位气质脱俗的女子深深地吸引了。他情不自禁地写下了这副对联："潘步掌中轻，十步香尘生罗袜。妃弹塞上曲，千秋胡语入琵琶。"浊世翩翩贵公子，特立独行美娇娘，这样的组合注定会是一段佳话。

臧卓听闻此事后怒不可遏，将潘素软禁起来，并派专人看守。而此番举动更是让潘素下定决心，她要和张伯驹在一起。

此时的张伯驹，因见不到潘素而心急如焚，在得知对手是一位国民党中将时，便知此事难以善了，当即找来好友商量对策。于是当晚，张伯驹趁着夜色，单枪匹马，把潘素给抢了出来。就这样，两人连夜私奔，相携北上。

后来，张伯驹把家中的"莺莺燕燕"全部遣散，专心与潘素相濡以沫，携手一生。用他自己的话说就是："从前只爱美女和名画，现在只心系潘妃一人。"名噪一时的风流公子，如今弱水三千，只取一瓢饮。

檐上三寸雪，人间惊鸿客

真正的爱情，不只相濡以沫，还有相互成全。

婚后，张伯驹发现妻子在绘画方面颇有天赋，便请来名师指导她山水画的技法。原本就有绘画功底的潘素，潜心钻研唐宋工笔重彩画法，四处游历写生，再加上名师的指点，画技突飞猛进，后来更是成为近代著名的山水画家。

据说，潘素曾临摹古画《雪峰图》，就连在书画界的"造假"高手张大千这儿也蒙混了过去，一番鉴赏后，他欣然在画上题诗："神韵高古，直逼唐人，谓为杨升可也，非五代以后所能望其项背。"

只是再伟大的艺术，也抵不过炮火的侵扰。"七七事变"爆发后，这对神仙眷侣也陷入现实的窘境。抗日战争期间，身价不菲的张伯驹，为敌对势力所觊觎。汪伪政权的特务绑架了张伯驹，并索要三百万赎金，否则就撕票。

当时张伯驹家里收藏的文物古籍，随便卖两件都能凑齐这笔钱，可视其如命的张伯驹却放出话来："谁要是敢动那些东西，我宁愿死！"

因此，潘素在如此情急之下也没有变卖丈夫收藏的字画。后来经过多方斡旋，赎金降为四十根金条。心急如焚的潘素变卖首饰家财，四处奔走筹钱，终于在八个月后，以二十根金条赎回了张伯驹。从此，潘素与张伯驹誓死保卫文物的美名便传扬开来，赢得一致赞誉。

最幸运的婚姻莫过于彼此灵魂同频，精神共振，而潘素无疑是最懂张伯驹的那个人。

张伯驹与潘素平生最大的爱好是收藏，不同于寻常的收藏家，这对夫妇的收藏一不为升值，二不图虚名，只求守护先人的精神遗产。张伯驹曾说："黄金易得，国宝无二，我买这些东西不是为了钱，是怕它们流入外国。"

隋代展子虔的《游春图》被贩至海外，张伯驹与潘素毫不犹豫地卖掉别墅，又向朋友借了两百四十两黄金，这才让这幅传世久远的画作得以回到祖国。

后来，为拿下西晋陆机的《平复帖》，潘素更是变卖了珍藏多年的细软，以四万银圆的价格买下了这幅传世墨宝。一位外国文物贩

子得知后，开出了三十万银圆的价码求购，却遭到潘素的拒绝。

为防止多年的藏品被日军劫掠，潘素将其缝在被褥和棉衣中，从河北一路辗转西安，途经几个省份，历尽艰辛，九死一生，才让这批国宝得以重见天日。

为保护文物，张伯驹几乎花光了全部家当，日子也日渐窘迫，一度要靠潘素变卖首饰才能维持生计。亲朋好友都看不起这个"败家子"，纷纷避而远之，彼时理解支持他的只有潘素一人。

晚年的张伯驹，不止一次对外界秀恩爱道："她嫁我之前，首饰颇多。嫁我之后，也从未花过我一厘一毫，倒是我像她养的小儿，处处破费。"

爱一个人爱到骨子里，就会包容对方的一切，包括他不切实际的天真烂漫，以及与年龄不相符的孩子气，潘素就是这样。

待到霜雪吹满头，也算是白首

新中国成立前夕，国民党方面多次派人游说张伯驹夫妇，让他们将平生收藏的文物带到台湾，被夫妇二人断然拒绝。

1956年，二人将珍藏多年的三千幅书画字帖上交国家，其中包括陆机的《平复帖》、杜牧的《张好好诗》、范仲淹的《道服赞》和黄庭坚的草书作品等绝世精品，后来，这些文物都成了故宫博物院的镇馆之宝。

有人说,张伯驹潘素夫妇所捐赠的文物,撑起了故宫顶级书画的半壁江山。时任文化部部长的茅盾也坦言:"张伯驹、潘素先生化私为公,足资楷模,特予褒扬。"

为此,文化部打算奖励他们二十万元奖金,却被婉拒了。张伯驹说:"我看过和收藏的东西相当多,如同过眼云烟,这些东西不一定要永远保留在我这里。"

这种洒脱自由的风骨,支撑起张伯驹和潘素的余生。纵然时局动荡,二人依然相互扶持,彼此相守,心境淡泊,一如既往。

在最艰难的日子里,骨子里依旧清高的张伯驹,宁愿挨饿也不愿向人求助,倒是见惯了人情冷暖的潘素能屈能伸,她在北京国画工厂画五分钱一张的书签维持生计,实在揭不开锅时,她就拉下脸面向熟人借钱,遭到对方嘲讽也只是一笑而过。回到家后,在张伯驹面前,她永远是一派云淡风轻的模样。两个人就蜗居在一间十多平方米的小屋子里,偶有闲暇,张伯驹写诗,潘素作画,夫唱妇随,琴瑟和鸣,不露半点饱经磨难的窘迫之态。

潘素倔强地陪伴着丈夫,度过了那段时光。直到1981年,中国美术家协会举办了"张伯驹潘素伉俪书画联展",展出五十六幅藏品,集潘素的丹青、张伯驹的题词为一体,在文艺圈内引发了不小的轰动。

第二年，张伯驹患肺炎离世，潘素守候在他的身边直到最后一刻。此后的日子，潘素深居简出，潜心作画，独自生活十年后，病故于北京。

她生前最爱的，是张伯驹为她的画作《素心兰》填的词："予怀渺渺或清芬，独抱幽香世不闻。作佩勿忘当路戒，素心花对素心人。"

从没落的大家闺秀到二十世纪中国青绿山水女画家第一人，她用一手烂牌战胜人生。她和张伯驹的动人恋情，也惊艳了近半个世纪。

如花在野

温柔热烈

郑念

1915 — 2009

她的灵魂
应如晦暗中斑斓

郑念

> 我不但要活下去，还要活得像花岗岩一样坚强。不管出于何种严酷的打击，都要洁身自爱，保持自我。
>
> ——郑念

她是最后一位贵族小姐，无论是年轻时还是暮年后，都优雅迷人，一如既往。

多少人曾爱慕她如玉般经年温润的气质，却少有人知道她也曾从风霜雨雪中走过。

她历经半生磨难，九十四岁却活成中国最优雅的女人。

她是郑念。

家世显赫的天之骄女

郑念本名叫作姚念媛，1915年出生于北京的世家大族，后举家迁到天津。她的祖父是清末民初的大儒，曾在翰林院当差，后来出任湖北教育司司长。郑念的父亲早年留学日本，归国后在民国海军舰队里担任少将。父亲非常注重子女的教育问题，还专门请了几位家庭教师，教导还未到学龄的孩子们。就这样，郑念从小在家庭教师的指导下，阅读古今中外的名著，学习英语和英国贵族的礼节。

民国时期，动荡的时局与剧烈的社会变革，带来了新旧文化与思想的激烈碰撞。生长于这一时期的郑念，却好似一种新与旧的完美融合体，她既有着旧式女子的优雅、平和与内敛，也有着新式女子的开明、独立与个性。

在南开中学读书时，郑念就曾四次登上《北洋画报》的封面，成为当时远近闻名的风云人物。读完中学后，郑念又考入当时的顶尖学府——北平燕京大学。后来，她又说服父母，独自一人远赴英国留学，在世界名校伦敦政治经济学院攻读硕士学位。

郑念的美貌与气质，让在英国的她获得了许多同时期留学生的青睐，身边的追求者一直络绎不绝。但郑念对这些追求者一概采用了直接拒绝的方式，她最常说的一句话便是："我们并不合适，况且我来英国的目的是完成学业，而非恋爱结婚。"

然而，缘分本就是很玄妙的事，它若来时是容不得谁去拒绝的。一次，在一个中国留学生的聚会上，郑念见到了一位名叫郑康

琪的青年男子，内心不由自主地荡起丝丝涟漪。这位郑康琪不只有一副俊美的长相，更有着中国传统书生的儒雅气质，以及满腹中西融会的学识。后经人介绍得知，他正在英国攻读博士学位。两位同样才华横溢的青年，在他国异乡，彼此欣赏，互生爱意，成就了一段佳缘。

也有曾经的追求者拿郑念以往的拒绝词开起了玩笑，问："你当初不是说自己要专心学业，恋爱婚姻一事并不会考虑吗？"

每听到此般打趣，郑念总是轻轻一笑，大大方方地说："此一时，彼一时也。"

二人完成学业归国后，很快举办了婚礼。彼时，抗日战争已经全面爆发，两人遂投奔重庆。在国民政府的安排下，郑康琪担任了驻澳外交官的工作，郑念与丈夫一同前往澳大利亚。漂泊在异国他乡的这段时间，夫妇二人东奔西跑，呼吁澳大利亚的华人同胞为抗日战争捐款捐物。

后来，他们还生下了一个可爱的女儿，取名郑梅平。从二人世界到三口之家，彼此间的恩爱没变，反而因孩子的出生平添了更多的温馨。

1949年初，国内解放的消息传来，怀着一颗赤子之心的郑念夫妇，几经辗转又重新回到了这方故土。他们并没有像其他国民政

政府军政要员一样选择去台湾，而是留在了上海，想要为新中国的建设出一份力。

新中国成立后，郑康琪先是进入政府部门，从事他熟悉的外交事务工作，后来又出任英国壳牌石油公司的上海区总经理，而郑念也担任了顾问一职，为中国石油开发和产业发展奠定了坚实的基础。

苦难不尽，微光不止

从与郑康琪相识、相恋到结婚生女，再到看着孩子一天天地成长，近二十年的时间里，郑念深感幸福。

然而，突如其来的不幸让郑念从此跌入谷底，她珍藏于心中的那座花园，转瞬间就从繁花锦簇变得落红满地。

1957年，郑康琪患上癌症，不久病逝。悲痛欲绝的郑念把名字"姚念媛"改为"郑念"，以表达对亡夫的思念。四十二岁的郑念独自扛下了生活的重担，为自己和女儿在纷扰乱世里撑起了一方天地。在公司的再三恳请下，郑念接手了丈夫在上海壳牌石油公司的工作，担任英国总经理的助理。她凭借着丰富的专业知识和强大的能力，将相关业务打理得井井有条。

通过自己的努力，郑念在丈夫去世之后依旧维持着原有的生活，并把女儿郑梅平抚养成人。她的生活依旧体面，独立的三层小洋楼，家中陈设多为明清古董，家里仆人、厨师、园丁等俱全。她将家里布置得精致而温馨，"窗上有帆布篷遮，凉台上垂挂着绿色的竹帘。就是窗幔，也是重重叠叠，有条不紊地垂着。沿墙一排书架，满是中外经典名著。幽暗的灯光，将大半间居室，都笼罩在一片阴影之下，但白沙发上一对绸面的大红绣花靠垫，却还是鲜亮夺目"。英国朋友称她家是"这个色彩贫乏的城市中，一方充满幽雅高尚情趣的绿洲"。

闲暇时，她仍旧喜爱看书、喝茶，也时常坐在柳条藤椅里，仰头凝视着布满星斗的苍穹，仿佛在静默地怀念着谁。

1966年，郑念迎来了人生特殊的考验。她因为曾在英国留学，后来又在外资公司任职，而被指控为英国间谍，一场噩梦从此开始。此后七年的时间里，郑念一直被关押在上海第一看守所，和女儿彻底失去了联络。

郑念拒绝承认任何罪名，更未曾将任何人牵连进来，在旁人看来她固执却又坚毅。

监狱阴暗潮湿、破旧不堪，但对郑念而言，讲究与精致已经刻进了骨子里，即使是在这样恶劣的环境中，她也没有放弃对生活品质的追求。她尽可能地将这一方困住自己的天地整理得干净舒适，用原本就不多的米饭当糨糊，在靠床的墙面上贴上手纸，以免墙上的尘土弄脏被褥。她还借来针线，把毛巾缝制成马桶垫，给贮存水用的脸盆做防灰罩，用手帕做遮眼罩。

在这样灰暗的生活中，郑念竭力发现身边的美好，她会为一朵野花感到高兴，也会被蜘蛛结网的过程震撼。放风时，她尽情地欣赏着天空、花草，享受着阳光的沐浴。休息时，她就背诵唐诗宋词，帮助自己挨过每一个黑夜。无论身在哪里，郑念都努力维持着自己最后的尊严，那就是干净体面的生活。

漫长的牢狱生活中，郑念的身体曾多次出现问题，但她凭着那傲骨，那不被生活打压而轻易放弃的"贵族精神"，以及对女儿的思念，最终熬了过来。

1973年，五十八岁的郑念重获自由。她面带微笑地走出了监狱，伫立在监狱门外左顾右盼，希望能看到女儿前来迎接的身影，可一直等到日落，女儿都没有出现。郑念恍惚之间似乎明白了什么，她的心一阵阵地绞痛。

原来，在她入狱后不久，女儿就去世了。

世上最大的悲剧，莫过于白发人送黑发人。郑念心胆俱裂、痛苦不堪，那么乖巧、优秀，与自己相依为命的女儿，居然早已和自己天人永隔了，这是多么让人伤痛的噩耗。她后来回忆说："我竭尽全力，为了生存而付出的种种代价和遭受的种种磨难，瞬间全部失去了意义。我只觉得自己四周一片白茫茫，似乎一下子全给掏空了。"

但与此同时，郑念却坚定地认为女儿不会轻易结束自己的生命。接下来，郑念不惜一切代价开始调查女儿死亡的真相。经过几年锲而不舍的努力，郑念终于发现，女儿是被人打死后扔下楼的，而凶手却为逃避法律制裁，撒谎说郑梅平是跳楼自杀的。

怀着悲愤的心情，拖着年迈的身躯，郑念通过法律途径将凶手送进了监狱，为女儿讨回了公道。

岁月从不败美人

> 1980年9月20日，我告别了上海……大雨迷茫中，隐隐望得见远远耸立的外滩1号亚细亚大楼乃至楼内我办公室的窗口……
>
> 我将永远离开生我养我的故土，我的心碎了，完全碎了。

送走丈夫又失去女儿的郑念，已是孑然一人，迟暮之年的她最终选择离开这一伤心之地。郑念把家里所有的文物都捐赠给了上海博物馆，自己带着简单的行李，登上了去往大洋彼岸的邮轮，定居华盛顿。

一个老年人独自客居他乡的生活并不好过，正如郑念接受采访时所说："在美国，一个老年人，没有家，没有孩子，没有亲人，是很苦很苦的。"但在孤寂暗淡的日子里，她仍给予了生活最大的温柔和热情。她的房间里放满了书，她还会在书桌上摆上一束鲜花，让家里充满生机。她会穿着丝质衬衫和长裤，顶着一头银色卷发，开着车去兜风。

更多的时候，郑念都是一个人坐在书桌前，书写自己前半生的故事。二十世纪八十年代末，她写下了英文自传体回忆录《上海生死劫》，书的开篇便写着："献给梅萍。"这是她对死去女儿的献礼，而作者署名"郑念"，则是她对丈夫的怀念。她在这本书里写道："我不但要活下去，还要活得像花岗岩一样坚强。"

该书于1987年出版，很快就成为全球畅销书，让无数读者感动落泪。这本书问世时，老人家已经七十三岁，但她却说："我的人生才刚刚开始。"

《上海生死劫》走红后，郑念被邀请到全球各地演讲，她以女儿的名字设立了基金会，从事慈善事业，将写书的稿费和演讲的费用都捐赠给了在美国上学的中国留学生，希望他们能够心无旁骛地完成学业。

1988年，在夏威夷的一次演讲中，她决定将丈夫和女儿的骨灰撒进太平洋，因为太平洋通向中国，连着上海，可以到澳大利亚，也能到美国。后来她留下遗嘱，死后把自己的骨灰也撒进太平洋。最后，海水会将他们一家三口带回上海，在黄浦江汇合。

晚年的郑念，生活依然多姿多彩。七十多岁的她开着一辆白色的小车，身着胸前有飘带的藕色真丝衬衫和灰色丝质长裤，一头银发，无比优雅。九十岁的她还会描眉、涂口红、戴耳环、穿当时最流行的尖头皮鞋，经常与朋友一起开车郊游，一起去舞厅跳舞。哪怕九十四岁时，她的举手投足中还保持着出身名门、跨越世纪的优雅。

2009年7月，郑念在家中洗澡不慎被热水烫伤，引发了严重的细菌感染，当朋友把她送到医院的时候，医生告诉她最多还有一年的时间，她平静地说："我已经活够了，我要准备回家了。"

11月2日，郑念在美国华盛顿离世，享年九十四岁。后人遵循她的遗嘱将她的骨灰撒入太平洋里，她说："在太平洋的另一端是我的祖国，那里有我的亲人。"

福楼拜有句名言："一位真正的贵族不在于他生来就是个贵族，而是他直到去世仍然保持着贵族的风采和尊严。"

这句话用来形容郑念，再合适不过。迟暮依旧美人，末路仍是贵族。她的灵魂应如晦暗中斑斓，渺小却照彻河山。

如花在野

温柔热烈

李佩

1917
—
2017

请以一朵玫瑰
纪念她

李佩

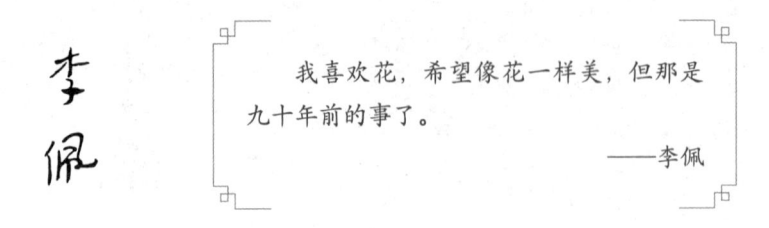

> 我喜欢花，希望像花一样美，但那是九十年前的事了。
> ——李佩

她培养了新中国最早的一批硕士、博士研究生，中国科学院里有超过一半的科学家都是她的学生。

她被誉为中科院最美的玫瑰，高贵优雅了一辈子。七十多岁，她仍在给博士生上课；八十多岁，她创办了中关村大讲堂；年过九十，她组织专家翻译的《钱学森文集》正式出版；九十九岁的时候，她仍然坚持一周七天穿不重样的衣服。

她的美曾让无数人为之倾倒，她的痛却不为人知。

她是李佩。

玫瑰长于荒野，炽风吻过她

1917年，李佩生于江苏镇江的书香门第，从小便受到良好的教育，也养成了比同时代女性更为坚韧、独立的性格。她从小拒绝裹小脚，拒绝包办婚姻，一心扑在学习上。终于，她在十九岁那一年考入北京大学经济学系。

李佩的独立与不凡，不仅体现在一心求学上，还体现在了名字中。李家父母给家中的四个女儿以"珍珠珊环"取名，所以李佩原本的名字是李佩珍，寓意自然是好的，但李佩却嫌它过于普通，于是她擅自做主，把"珍"字去掉，改名为李佩。

少女时期的李佩身上便有着如带刺玫瑰般的倔强，当"女性主义"的风穿过荒野时，她的意识便被那片炽热的自由唤醒了。

就在李佩考入北京大学的第二年，全面抗战爆发。北平的各大高校相继迁移到抗战后方，李佩的学业不得不中断。1938年，李佩终于说服了父母，从北平赶赴云南，前往西南联大继续求学。后来，她还担任了西南联大学生会副主席。毕业的时候，李佩作为中国妇女代表出席了第一届世界妇女大会。在这之后，她又前往美国康奈尔大学继续深造，并在此遇见了才华横溢的郭永怀。二人一见倾心，缔结良缘。

新中国成立后，好友钱学森数次致信郭永怀："请你到中国科

学院的力学研究所来工作，我们已经为你在所里准备好你的'办公室'，是一间朝南的在二层楼的房间，淡绿色的窗帘，望出去是一排松树。""已经把你的大名向科学院管理处'挂了号'，自然是到力学所来，快来，快来！"

于是，郭永怀和李佩决定放弃康奈尔大学的优厚条件，带着女儿从美国回来。但是归国之路却受到了重重阻挠，直到郭永怀将自己数年的研究手稿全部扔进了火堆里，他说："美国千方百计不让我带回这些资料，烧了无所谓，反正我都记住了。"

回国后，夫妇二人便进入中科院工作，郭永怀投身科研，李佩负责外勤。那时的中关村还只是一片荒凉之地，为了让归国的精英科学家们一心投入事业，李佩便尽心尽力地当起了他们背后的"绿叶"。她出任西郊办公室副主任，着手建设中关村。

李佩动员身边的一切力量，聚集医学人才，亲自挑选护士，建立了一个临时诊所，这正是中关村医院的前身。当时，中关村只有一所保福寺小学，师资力量有限，李佩便号召年轻的科技工作者走进校园。如今，保福寺小学已更名为中关村第一小学。

为照顾海归学者的饮食习惯，李佩经过一番周折建立了中关村茶点部，这也是当年北京唯一的一家西式糕点铺。历经半个多世纪的风雨，如今的中关村茶点部依旧是宾客盈门。

李佩忙于后勤工作的同时，郭永怀因参与原子弹的设计和制造，一年中很少回家，每一次离开，他都不说要去哪里做什么，有时甚至不辞而别。李佩知道丈夫正在从事保密的研究工作，便没有多问一个字。夫妻二人保持着一种无言的默契，你不说，我不问。但郭永怀的包里总会有一个苹果，那是李佩为他准备的。

1964 年 10 月 16 日下午 3 时，一条新闻震惊世界——中国第一颗原子弹试爆成功。直至此时，李佩才从新闻报道中一字一句地了解了丈夫的工作。

麻烦你帮忙搬过来，那是他最爱的花

想来或许是"世间好物不坚牢，彩云易散琉璃脆"，彼时李佩一家微见起色的生活被一场突然降临的意外彻底摧毁了。

1968 年，郭永怀正在进行中国第一颗热核弹头发射实验，在实验中发现了一条重要的线索，着急赶回北京报告。没想到的是，飞机意外坠毁。搜救队在现场发现了两具紧紧拥抱在一起的尸体，费了好大的劲儿，才将两个人分开。

这两个人，一个是郭永怀，另一个是他的警卫员牟方东，而那份装有绝密数据的文件被保护在他们的胸前，完好无损。在生命的最后时刻，可能只有几秒钟，他们没有丝毫犹豫，用生命守护住了

那份珍贵的文件。

那天晚上，力学所安排了两个人到家中陪伴李佩，其中之一便是郭永怀的助手顾淑林。在顾淑林的回忆中，那是她与娇小秀美的郭夫人李佩第一次见面。李佩虽然已经知道了发生的事，却表现得极其镇定。那晚几乎没有人说话，屋子里的空气像凝固了一样。

顾淑林在《我老师和师母》一文中记录了当时的情形："晚上我们留在他们家里过夜，我和李先生睡在同一间房间。整整一夜我的神经紧张到了极点，我一边默默地想这个打击太突然，李先生可怎么挨过这一夜，一边准备着如果需要我为她做什么我可不能反应迟缓，一定要保证她绝对平安。就这样，时间一秒一秒地过去，一直到早上。那一个晚上李先生完全醒着。她躺在床上几乎没有任何动作，极偶尔发出轻轻的叹息，克制到令人心痛。"

在郭永怀牺牲后的第二十二天，中国第一颗核热导弹试验获得了成功。两年之后，由他参与设计的东方红一号人造卫星也顺利发射升空。只是他再也不能看到了。

愈是深刻的想念，愈是静默无声，因为那深深的情绪如涌动的地下暗河，一旦开口便会决堤。此后的几十年中，李佩几乎从不提郭永怀的死，在外人面前永远冷静自持。只是有时，她也会呆呆地站在阳台上，望着楼下的迎春花，一望就是几个小时。

儿时与李佩一家同住一栋楼的作家边东子说:"李佩从不麻烦别人,只有一次,她找我帮忙办件事,那是她唯一的一次私心。"那年春天,隔壁楼下的花坛里有一株迎春花被人刨了出来。李佩拉着边东子说:"麻烦你帮忙搬过来,种在我们楼下吧。我们老郭最喜欢的就是迎春花了。"

那一刻,这个经常出现在教科书和各大新闻上的永远冷静克制的身影,似乎变得不再单薄。她望着迎春花的眼神,好似望着曾经的爱人。

我见玫瑰,始于荆棘之上

李佩说过:"无论遇到什么困难,人还得走下去,而且应该以积极的态度走下去,去克服它,而不是让它来克服自己。"

很多时候,留恋过去都是没有意义且浪费时间的事情,已经发生的事无论好坏,都已无法改变,不如活在当下,专注前路。以逐日为目标的人,不会在意脚下的沟壑,而李佩正是这样的人。玫瑰自荆棘丛中挣扎着向上生长,便是为了在阳光下放肆绽放。

丈夫郭永怀去世之后,李佩在那段特殊的岁月里也遭受了极其不公正的待遇,连续六年接受审查和劳动改造,十几岁的女儿也远赴内蒙古当知青。多年之后,她才终于得到自由,但此时的李佩已白发苍苍，行至暮年。

在恢复高考后不久，新中国第一所研究生院——中国科学技术大学研究生院应运而生，也就是今天著名的中国科学院大学。时任校长严济慈郑重地邀请六十岁的李佩出山，出任研究生院外语教研室主任。就这样，李佩从无到有地筹建了中国科学院研究生院英语系，培养了新中国最早的一批硕士、博士研究生。

当时，国内没有研究生的英语教材，她就自己编写，而这些教材一直沿用至今。李佩也因此被誉为"中国应用语言学之母"。如今中国科学院玉泉路校区的校史馆里，依旧保留着中国第一套研究生英语教材，主编一栏赫然写着李佩的名字。

1979年，中美正式建交，李佩帮助新中国第一批自费留学生走出国门。当时国内没有托福、GRE考试，李佩就自己出题。在美国许多大学的推荐信中，英文水平证明书上只要有李佩的签名，都会被认可。

在学生的回忆里，李佩上课始终面带微笑，在几小时的教学时间里，已经七十多岁的李佩也一直站立在三尺讲台之上。然而，就是这样一位目送无数优秀学子走向大洋彼岸的教师，有一天却目送自己的女儿去了更遥远的地方。

1996年，李佩唯一的爱女郭芹患癌症去世。她依旧未在人前落泪，只沉默着将女儿的物品一一收起，待收到女儿小时候玩过的那个能眨眼睛的布娃娃时，却忍不住抚了又抚。

几天后，她像平常一样，又拎着录音机来到中国科学院，给博士生上英语课。在学生们的回忆中，那一天，李佩先生讲课依旧既耐心又细致，只是声音有点沙哑。

"生活就是一种永恒的沉重的努力。"李佩的老朋友兼同事颜基义先生，用米兰·昆德拉的这句名言形容她。

面对人生中那么多突如其来又难以躲避的风浪，李佩先生从来不曾选择逃避，反而更加勇敢地直面挫折。她的坚强就像是一朵铿锵玫瑰，扎进了每个人的心尖。

1999年9月18日，李佩坐在人民大会堂参加国家授予二十三位科学家"两弹一星"功勋奖章的表彰大会。她的丈夫郭永怀先生是二十三位"两弹一星"元勋中唯一的烈士。四年后，在中国科学技术大学建校四十五周年之际，李佩委托一位去往合肥的朋友，将这枚奖章赠送给她曾担任过系主任的学校。

玫瑰会枯萎，但她永远绽放

八十一岁那年，她创办了中关村大讲坛，她邀请国内外顶尖科学家、人文艺术领域的大家开讲，而且免费向社会开放，所有费用都由她个人出资补贴。这个论坛坚持了六百多期，成为影响好几代人的知识盛典。

李佩说："我开办大讲坛，就是想回答钱学森之问，这个时代还能培养出大师吗？"

她的答案是，"要有自由，要能争论"。

2008年，李佩将全部积蓄六十万元，分别捐给中国科学院力学研究所和中国科学技术大学。有人建议她举办个仪式，她却说："捐就是捐，要什么仪式。"后来，中国科学技术大学用这笔捐款成立了郭永怀奖学金。

九十四岁那年，李佩忙不动了，不情愿地和中关村大讲堂说了再见。可她终究是闲不住的人，总觉得还要为国家做点什么。2011年10月，为纪念钱学森一百周年诞辰，由李佩组织专家翻译的《钱学森文集》正式出版。

郭永怀诞辰那天，李佩将丈夫生前使用过的物品捐给力学所，包括纪念印章、计算尺、浪琴怀表，以及1968年郭永怀牺牲时的遗物——被火焰熏黑的眼镜片和手表。

晚年的李佩一直蜗居在小小的屋子里，室内摆设仍与郭永怀共同生活时的模样差不多。她身上穿的是几十年前的旧衣服，却永远干净整洁，头发也梳得整整齐齐，有时还会化上淡妆，依旧是那副不慌不忙、优雅从容的样子。即便行动不便,她也仍然坚持自己上厕所,不给别人添麻烦。

2016年,中新社记者曾问李佩如何看待外界冠以的"玫瑰"称号。李佩坐在书房一隅笑了起来,轻快地答:"我喜欢花,希望像花一样美,但那是九十年前的事了。"

杜拉斯曾写过这样一句话:"你年轻时很美丽,不过跟那时相比,我更喜欢现在你经历了沧桑的容颜。"

满头银发的李佩坐在那里,就有这样一种让人惊艳的独特气质。时间沉淀了沧桑,却未能带走她的芬芳。

一生步履不停,终有走到人生终点的那一刻。2017年,九十九岁的李佩离世,后人将她与郭永怀的骨灰合葬在中科院。

见过太多是是非非、潮起潮落,李佩把优雅与坚韧融进了骨子里,她的内心海纳百川,也当得起一声"先生"。

她是中科院永不枯萎的玫瑰,也是永远的李佩先生。

如花在野 温柔热烈

蒋英

1919
—
2012

她是自由条件下
以诚相待的水火

蒋英

> 中国可以没有我这样的歌唱家,但却不能没有钱学森这样的科学家。
> ——蒋英

她曾是最著名的女音乐家,却甘愿为中国的科学研究放弃自己的事业。

她是徐志摩的表妹,是金庸的表姐,更是钱学森一眼万年的挚爱。

人们都说她是"中国航天之父"背后的女人,但她却说,请不要叫她钱学森夫人,因为她自己就是艺术家。

她是蒋英。

以热爱为滋养,蓬勃生长

1919年,蒋英出生于浙江海宁,自幼就受到了很好的文化熏陶，父母也极为明事理，在这样的家庭里成长，蒋英养成了开朗活泼的性格，深受长辈们的喜爱。

钱家与蒋家是世交，钱学森的父亲钱均夫与蒋英的父亲蒋百里是同学挚友。蒋英五岁那年，被送到钱家生活了一段时间，成了钱学森的干妹妹，还改名叫钱学英。因此，蒋英与钱学森可以称得上青梅竹马、两小无猜。

蒋英自幼便喜爱唱歌，颇有音乐天赋，十九岁便跟随父亲游历欧洲，后来考进了德国柏林音乐大学的声乐系，从此开始了她在欧洲学习音乐的漫长旅程。而比她稍长几岁的钱学森则考取了麻省理工学院，同样要远赴异国留学。

临行之前，蒋英送给了钱学森一本诗集，书中还夹着一片红色枫叶。这本诗集一直被钱学森带在身边，从他考取航空数学双学位的博士，到他成为麻省理工学院最年轻的终身教授，这本诗集始终与他相伴同行。

二战爆发后，蒋英辗转于柏林、慕尼黑，最后到达瑞士，继续研习音乐。1943年，瑞士万国音乐年会上，二十四岁的蒋英参加由匈牙利高音名师依隆娜·德瑞高主办的各国女高音比赛，并取得了第一名的好成绩，成为首个获得该奖项的亚洲人。而后，蒋英更是以宽广优美的音域，在欧洲音乐界大放异彩，被公认为欧洲古典艺

术歌曲权威。

1947年,蒋英回到上海,举行了归国后的首场演出,一开口便惊动了整个上海滩。各大报纸争相报道,称她是"一颗在东方冉冉升起的明星"。人们不仅惊艳于蒋英完美动听的音色,更好似借由她的成功找回了一种文化自信——原来国人也有这么优秀的艺术天赋。

然而,当蒋英以为,她会沿着这条音乐之路一直走下去时,一个人的出现改变了她的人生轨迹。

这一年,蒋英邂逅了同样学成归国的钱学森。钱学森被蒋英的歌声吸引,决定向她求婚。不懂浪漫的他直接跑到后台,对着蒋英说了一句:"你跟我走吧。"

有人劝说蒋英,跟钱学森这样的理工男谈情说爱,是没有情趣的,但蒋英还是答应了钱学森的追求。后来,他们在上海举行了婚礼。从此艺术嫁给了科学,科学

便再也离不开艺术。

婚后，钱学森继续去美国深造，蒋英则放弃了自己的音乐事业，跟随丈夫一起远渡重洋。多年以后，钱学森对妻子深表歉意："如果不是嫁给我，你会成为中国最好的女高音歌唱家。"但蒋英却说："中国可以没有我这样的歌唱家，但却不能没有钱学森这样的科学家。"

来到美国后，钱学森与蒋英在波士顿租了一栋旧楼房，算是安家了。新家陈设很简朴，二楼有一间狭小的书房，同时也是钱学森的工作室。起居间里摆了一架黑色大三角钢琴，为这个家营造了几分典雅气氛。这架钢琴是钱学森送给新婚妻子的礼物。

初到美国的那几年，钱学森去美国各地讲学或参观的机会比较多，每次外出他总不忘买一些妻子喜欢的礼品，特别是各种新的音乐唱片。在他们的家中，各种经典的钢琴独奏曲、协奏曲，应有尽有。

一片赤心，风雨归国路

1949 年，新中国成立，这个振奋人心的消息刚一传到大洋彼岸，钱学森夫妇就打算回国报效祖国。然而，美国军方却以"钱学森一个人可以抵五个师的力量"为由，无论如何都不愿意放他回国。

当钱学森带着一家人兴冲冲准备登机时，却被一群人粗鲁地拦

下，限制出境，从海关托运的行李也被非法扣留，理由是怀疑行李中夹带机密文件。就这样，钱学森一家以莫须有的罪名被限制了人身自由。

不久后，美国当局逮捕了钱学森，将其扣留在了一座名为特米诺的孤岛上。在岛上的监狱里，钱学森白天要面临各种审讯，晚上也无法睡觉，每隔一段时间就会被看守用强光和噪声吵醒。为了营救丈夫，蒋英四处奔波求援，好不容易凑齐了高额的保释金，钱学森才被释放。当看到被关押了十五天，面容消瘦、疲惫不堪的丈夫站在自己面前时，蒋英忍不住捂着嘴哭了。那一刻，她便暗自下定决心要更加努力地保护自己的家人。

美国当局对钱学森采取了密不透风的监控，命令他不能出洛杉矶，每月必须到指定地点报到，否则按逃离论处。并且他们在他身边布满了暗哨，无论走到哪里，身边都有人盯梢。不仅如此，钱学森与蒋英家中的电话也遭到监听，房门经常会被陌生人敲响，那些人假装成走错门，实则是便衣在变相"查岗"。

一家人长期笼罩在白色恐怖之中。为了让丈夫安心科研，蒋英总是默默承受一切。特务上门纠缠，她抢先开门，拼命阻挡；夜里被电话骚扰，她就飞快起身跑去接起。如此被监控的日子，他们一过就是五年。

时日艰辛，幸而有蒋英的陪伴和音乐的慰藉，钱学森才没有被击垮。没有自由，他们就在家里演奏音乐，钱学森吹竹笛，蒋英弹吉他，夫妻二人患难与共，以音乐来排遣孤独与烦闷。

　　在被软禁的五年之内，钱学森并没有放弃学习和工作，他先后出版了《工程控制论》和《物理力学讲义》两本重量级的著作。不善表达爱意的他，在每本著作的扉页上，都标注了"献给英"。

　　1955年，蒋英冒着生命危险用香烟纸发出了求助信，这封信辗转大半个地球终于寄到了北京。经过多方的努力，最终以释放十一名飞行员战俘为代价，才换来钱学森归国的批准。

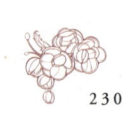

可以想象，这条风雨归国路必定布满荆棘。钱学森甚至还说，自己不一定有命回到祖国，一场精心布置的暗杀行动足以让他们命丧大洋之底。许多年后，蒋英回忆起这段经历，发自肺腑地说了一句话："那个时候，我随时做好了挡在他面前的准备，有什么危险，我都会先替他扛下来。"

她知道，一个钱学森对于中国国防事业而言意味着多么巨大的价值。不管是作为妻子保护丈夫，还是作为中国人保护中国科学家，她都不能让钱学森出事。在生死面前，蒋英展现出了极其强大的勇气与魄力，她做好了随时牺牲的准备，并且无怨无悔。

如波伏娃所说："总有一天，女性不再用她的弱点去爱，而是用她的力量去爱。"蒋英已然做到了。

终于，历经二十二天的海上颠簸，一万多公里的遥远行程，钱学森一家踏上了祖国的土地。他的行李里没有任何机密文件，他带回的是自己的大脑，还有一颗深深蒙羞、亟待雪耻的心，他说："我唯一的希望是使我的同胞能够过上有尊严和幸福的生活。"

艺术与科学，并肩同行

钱学森回国之后，迅速组建了我国第一个火箭导弹研究所，促进了我国火箭载人航天技术的飞速发展，使我国立于世界航天强国之列。他在应用力学和物理力学方面取得诸多的成就,成为我国的"两弹一星"元勋,成为"中国导弹之父"。

我们不敢想象,如若当年没有蒋英的坚强与机智,钱学森都不一定能够顺利回国。钱学森成功的背后,蒋英功不可没。

在接受媒体的采访时,钱学森并没有过多提及自己的功勋,只说:"我最感谢的人是我的太太,她为了我的工作做出了牺牲,放弃了她自己的台前事业,给了我全方位的支持。"

正是因为意识到丈夫的工作有多大的价值,蒋英才能毫无怨言地放弃自己热爱多年的演唱事业,心甘情愿退居幕后,全力为钱学森解决后顾之忧。一个风光无限的女高音歌唱家,从此变为了一名深耕花园的音乐教育从业者。

蒋英对于科学家丈夫的理解和支持,无时不在,以致有人说蒋英是中国航天事业的"幕后功臣"。当钱学森开始为新中国的航天事业忙碌时,经常"失踪"数月,但蒋英毫无怨言,教学之余承担起全部家务。她还以巨大的热情,不顾连续几个月的劳累,亲自组织、指导了一场大型音乐会——"星光灿烂",歌颂航天人的奉献精神。

回国之后,蒋英担任了中央音乐学院的声乐教授,不仅编译了舒伯特、舒曼、勃拉姆斯等音乐家的教材,还开设了欧洲古典音乐发展史的课程,填补了我国声乐和音乐教育的空白。在中央音乐学院从事音乐教学的四十五年中，她培养了大批知名声乐人才，活跃在国际音乐的舞台上。

蒋英与钱学森，一个是"欧洲艺术歌曲权威"，一个是"中国航天之父"，他们相互影响、相濡以沫六十二载，堪称艺术与科学联姻的典范。谈到文艺对科学思维的启示和开拓时，钱学森说："在我对一件工作遇到困难而百思不得其解的时候，往往是蒋英的歌声使我豁然开朗，得到启示。"

1991年，钱学森被评为"国家杰出贡献科学家"。在这次隆重的授奖仪式上，钱学森满怀深情地提到了爱人蒋英："我干什么大家都知道，但是我老伴干什么呢，我向大家报告一下。我的老伴是音乐家，正是她给我介绍了这些音乐艺术，这些艺术里所包含的诗情画意和对于人生的深刻的理解，使得我丰富了对世界的认识，学会了艺术的广阔思维方法。或者说，正因为我受到这些艺术方面的熏陶，所以我才能够避免死心眼，避免机械唯物论，想问题能够更宽一点、活一点。"

而台下那句"'钱'归你，'蒋'归我"，亦是这位航天之父献给妻子的笨拙却浪漫的情话。

蒋英的一生始终简约朴素，不事张扬。她很早就定下了一个"三不约定"——不写传记，不评功摆好，不接受记者专访。钱学森

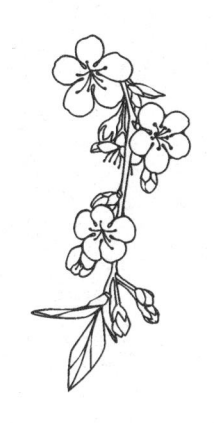

更是出了名的"姓钱不爱钱"。走进他们的家，就仿佛走进一个平静的港湾，世事的纷扰都被隔开了，离得特别远，人也会变得单纯而平静。

2009年，钱学森先生逝世，享年九十八岁。

2012年，蒋英逝世，享年九十三岁。蒋英在弥留之际对身边人说："我该走了，你们不要悲哀，我要去那边陪他，他在那边很孤单。"

少年时，蒋英和钱学森曾在家庭聚会上合唱过一首《燕双飞》，这首曲子仿佛在诉说着他们此生的相依相随。一起经历苦难，享受荣耀，最后在温馨中慢慢老去，默默离开……

如花在野

温柔热烈

杨苡

1919
—
2023

她的长夏
永不凋落

杨苡

> 我虽是个平凡的人,却也有许许多多的人可念,许许多多的事可说。
> ——杨苡

2023年初春,一位眉目温柔的老妇人在南京悄然离世,享年一百零三岁。她被称为"中国最后一位贵族小姐",汪曾祺、杨振宁是她的同窗好友,沈从文、巴金是她的一生知己,而她自己更是近代以来最为成功的女性翻译家之一,世界名著《呼啸山庄》由她翻译成中文。她的丈夫赵瑞蕻也翻译了《红与黑》,她的哥哥杨宪益和大嫂戴乃迭则被称为"翻译了整个中国的人"。

巴金曾调侃:"长寿也是种惩罚。"

她却说:"人生值得一过,活着就是胜利。"

后来,与她共同走过那段岁月的人所剩无几,因为长寿,她几乎看到了所有人的结局。于是,她选择将思念与回忆付诸笔端,好将那一百年的许多人与事留存下来。

时代从来不是她的人生背景，因为，她的人生就是时代本身。

她是杨苡。

草长莺飞的天真，是少女的旌旗

记得 2022 年末，我去拜访杨苡先生。她的家就在南京大学附近，门口的芭蕉树苍翠欲滴。

那时，杨苡先生虽然已经一百零三岁了，却依然像个小女生，每当有人拜访，她都会描眉毛、擦口红。她的思维非常敏捷，说起话来中气十足，根本不像一位一百多岁的老人，而且记忆力非常强。一个世纪前的往事，她连细节都记得很清楚……

杨苡生于 1919 年，是五四运动的同龄人。在新旧文化交替的年代，这位天真无邪的少女，拥有着让所有人羡慕的成长环境。父亲杨毓璋是一位名副其实的银行家，哥哥杨宪益是著名翻译家，姐姐杨敏如是北京师范大学中文系的教授，而姐夫罗沛霖是中国科学院院士、中国工程院院士。不过，让少年杨苡得以快乐无忧的，除了优渥的生活条件、母亲的呵护和哥哥姐姐的疼爱外，还有她乐观从容的心境。

在父亲感染风寒意外去世后，一家人靠着巨额遗产搬到了天津租界生活，虽然日子依旧过得富裕而悠闲，但并不意味着没有落差。从日租界花园街大宅院搬至法租界的别墅，大人们都觉得新的居所太小了，但年幼的杨苡却很喜欢二楼的露台。

草长莺飞的旧日时光在少女的心上划过，也不忍留下一丝半缕的痕迹。直到"一二·九"运动爆发，当同学们积极参加游行时，杨苡却被母亲关在了家中，不允许擅自出门。此时，这座曾令她觉得无比安全和舒适的房子，却变成了豢养雀鸟的黄金笼。这一刻，她突然感到了厌倦，厌倦了"白日里读书绘画、晚上听音乐、周末看电影"的闲散贵族生活，她开始思索起自己的人生和价值。

抗战雷雨袭来的前夜，十七岁的杨苡如那些正处于叛逆期的同龄人一样，她说："我觉得孤独，内心在彷徨不安，究竟我该如何反抗？我并没有勇气走进一群陌生的男男女女的青年人中间，但我又不情愿做一个平静地生活着的终日读书、暇时绘画、晚上听音乐、周末看电影的贵族小姐。我只会在晚间编织一些美丽的梦。"

也正是在这一时期，她遇到了影响了她一生的偶像——巴金。

那日，她偶然读到了巴金的小说《家》，顿觉遇到了知音，于是马上写信给巴金，希望能像《家》里的觉慧一样，摆脱旧式大家庭。没想到，巴金竟真的回信了。他在信中劝道："你小小年纪，得先读书。不要动不动就说离开家。你要懂得向前看，保持乐观，多读书，相信未来总是美丽的。"

收到巴金回信的那天,杨苡狂喜得恨不得拥抱遇到的每一个人。

一来二去,书信不断,二人便成了至交好友。

后来,杨苡再忆起这段往事,仍带着笑意:"我给朋友写信习惯写得很长,但给巴金的信特别长,以至于好多年后,有次他在朋友面前开我的玩笑,说我有一封信长到写了十七页纸。"

为了让这个处于青春期的女孩走出苦闷,恢复开朗,巴金还特意将自己在天津工作的三哥李尧林介绍给杨苡。彼时,李尧林正在南开中学做英语老师,杨苡称他为"大李先生"。短短半年时间,李尧林给杨苡寄去了四十多封信,而杨苡的回信则更多。

当然,萦绕在他们之间的,也不只有书信。

大李先生很喜欢音乐,有一段日子,每到下午,杨苡就会把房间里对街的窗户打开,用留声机大声地放唱片,并且把声音开到最大。

这是一个小女生和大李先生的秘密。

大李先生每天都会经过这条街,而音乐就是放给他听的。

晚年的杨苡讲起这段往事时,说:"守着一个秘密,兴奋是翻了倍的,你也可以说,那就是一种幸福感吧。"

只是可惜,这段单纯美好的感情也只落了个无疾而终。

我爱那股朝气，但你不是唯一

1938年，杨苡考上了西南联大，即将离开天津，远赴昆明。动身前，她特地抽空去见了她的大李先生。

李尧林拿出一只盒子赠与杨苡，里面装有六条精美的刺绣手帕。她知他素来生活节俭，更知这份礼物的得来不易与珍贵。临走时，她满怀期待地与大李先生相约于昆明。

然而，她在昆明等了许久，大李先生始终没有出现。

虽未履约，但彼时的二人仍维系着通信，杨苡如写日记一般，向大李先生倾诉生活中的琐碎小事。

入学不久，杨苡加入了校内的高原文学社，结识了年轻诗人赵瑞蕻。在给李尧林的信中，杨苡聊起了赵瑞蕻做的傻事，带着小女

生的心思对大李先生倾诉这位她的爱慕者的"死缠烂打"。没想到，李尧林却回信道："如此重情之人，若他人品优良，为什么不接受？"

这封冰冷的回信，实实在在地挫伤了这个几乎事事顺遂、被周围人宠爱着的女孩子，于是杨苡似赌气一般回信："你让我嫁，那我便嫁了。"

自此之后，她便与李尧林断了联系，果断接受了学长赵瑞蕻的追求。

都说，人生之憾不过"意难平"三字。那么，究竟怎样的遗憾才能算作意难平？是故作平静的放手，是落落大方的成全，还是以误会收场的缘分，以及迟到多年的真相……

直到1945年，人在重庆的杨苡突然收到巴金的妻子萧珊的一封信，信中说："三哥走了。"

此时，杨苡才终于得以翻阅到那段过往的另一面。大李先生的哥哥因破产而自杀，作为三子的他只能扛起责任，用自己的力量撑起这个大家庭。为了守护弟弟巴金的事业，李尧林一直承担着养家的责任，把大部分收入都寄回了老家。要养家糊口的人，是很难放下稳定的生活，跑去昆明过动荡日子的，而这一点，大概是彼时身为富家女的杨苡难以理解的。

看着那个天真活泼的女孩，大李先生不想自私地用贫困的家庭束缚她的未来。而时隔多年，真正体会到大李先生内心的苦涩后，杨苡还是想求一个结果。她找到亦师亦友的巴金，忐忑地问道："大李先生生前，有没有喜欢的女孩子？"

听到这句话后，巴金轻轻点头，看了杨苡一眼，才缓缓道："那是一个真正的富家小姐……"

当迟到多年的真相就此揭开，杨苡只感到一种近乎悲哀的惆怅。也是在那一刻，她真正读懂了何为遗憾，何为阴差阳错，何为物是人非事事休。

人到晚年，杨苡仍然保持着少女心性。她家中的柜子里摆着各式各样的猫头鹰和芭比娃娃，墙上也挂满了照片，浅浅一抬眼，就能看到那位大李先生。杨苡忆起那段往事时说，她不懂李先生是不是她的初恋，但他确是她心里的一盏灯。

时间回到1940年8月13日，也就是淞沪会战纪念日当天，杨苡与赵瑞蕻在报纸上刊登了一篇结婚启事。

门第悬殊，或许是大家对这段婚姻的普遍认知。而在杨苡的讲述中，赵先生纵有万般不靠谱，但偏偏就是有把日子过下去的本事。

年轻时，但凡写了一首诗，他定要在众人面前高声朗诵，也因此得了一个帅气的外号——"Young Poet"。结婚后，他也始终相信一切都会好的。遭遇轰炸，人心惶惶，他便安慰妻子说："你看我们的小孩长得这么漂亮，我们怎么可能被炸死呢？炸不到我们的。"

其实，若是抛开旁观者眼中的"不般配"，以及局外人心头的"意难平"，这未必不是一段可遇不可求的感情。在那离乱的岁月里，如果不是小镇青年所特有的热血、乐观和执着，如何能跨越门第的阻碍，又如何能承受一位世家小姐心中的万般敏感与纠结？

就像在相识之初，二人的好友穆旦曾坦言，杨苡一直在等大李先生，如果是他，定不会在这个时候追求杨苡。赵瑞蕻听了这有点酸的文艺腔，很是生气，要跟穆旦决斗，最后绝交数年。赵先生就是这样率真又可爱，连杨苡也忍不住说："他就这样，有时会莫名其妙地浪漫起来。"

这对在外人看来算不得多么般配的夫妻，在战火中相伴相守，成就了一世深情的浪漫。或许，感情本就如此，没有时机正好，也不分先来后到，只如人饮水，冷暖自知。

她已亭亭，无忧亦无惧

在西南联大读书的日子是清苦的，屋子里只有一张床、一条长凳和一张小破桌，和繁华三千的天津相比，这里的街道、房子都很老旧，但对于杨苡来说，云南的一切都是新鲜的。她说："翠湖就像莫奈风格的油画，滇池那一大片平滑得像缎子一样的涟漪也是可以入画的,直到老年了我还会梦见。"

在云南边陲的那段日子,也是杨苡真正觉醒和成长的关键期。中国近代的无数名家曾在这里聚集,与大师同行的时光则为杨苡提供了无穷的精神养分。

杨苡住在青云街时,比邻而居的正是沈从文先生。彼时,朱自清与沈从文正在编著西南联大的国文读本。有一次,杨苡叫了两个朋友来家中玩,年轻人们聊到兴致高昂时声音总会不自觉地抬高。大概是真被吵得不行了,沈从文突然掀开门帘,对她说:"杨小姐,我和朱先生都在工作!你们太吵,我们没办法做事!"不过,这也是沈从文唯一一次严肃地对她讲话。在杨苡的讲述中,那位才华横溢的沈先生大多数时候都是一副有点害羞的样子,对学生更是爱护有加。

最初,杨苡是想读中文系的,但沈从文了解她的情况后,力劝她进入外文系,他说:"进中文系,那些线装书会捆住你的,你已读过十年英文,该多读些原著,要打开眼界……"

为了让杨苡接受这个建议,沈从文还捧来一大堆世界名著,叫她写读书笔记,并鼓励道:"将来,你也可以做翻译嘛。"

在沈从文的鼓励下,杨苡选择了西南联大外文系,正式走上翻译的道路。除此之外,她还尝试向云南文艺抗敌协会的刊物《战歌》

投稿，跟穆木天、罗铁鹰等诗人一起开座谈会……在西南联大的种种经历和收获，终于让她成长为清醒无畏、目标清晰的新女性。

在杨苡宣告结婚后，巴金写信劝她："人不该单靠情感生活，女人自然也不是例外。把精神一半寄托在工作上，让生命的花开在事业上面，也是美丽的。"

所幸，婚后的杨苡并未放弃理想，也不甘心做一个围着琐事打转的传统家庭妇女，她仍坚持学习，翻译外国诗歌和短文。

杨苡的丈夫赵瑞蕻也从事翻译工作。当他翻译法国作家司汤达的《红与黑》时，杨苡也萌生了翻译些真正的外国名著的想法。恰是那一年，从英国回来的哥哥告诉杨苡，梁实秋已经完成一个译本，译作《咆哮山庄》。

杨苡听到这个消息后，笑到岔气，直言"此举滑稽"，她说："这个世上怕是没有人会同意，别人把自己住的房子翻译成'咆哮'。"

哥哥听后，故意激将道："有本事你来译。"

天性不爱服输的杨苡，当场与哥哥立下军令状，直言自己肯定能为这本著作取个更好的名字。

不久之后，在一个暴雨夜，风声呼啸，雨点敲击着玻璃窗。伏案忙碌的杨苡突然想起了书中位于约克郡旷野的那座古宅。灵感闪

现，她落笔写下了四个字，那部经典著作从此在中国拥有了它真正的名字——《呼啸山庄》。

1955年6月，杨苡翻译的《呼啸山庄》经平明出版社出版面世。此后经年，翻译界无数学者以独有的风格和理解将此书又多次翻译为中文，但大家却不约而同地选择以"呼啸山庄"来命名。

可以说，从《红楼梦》到《红与黑》，从《儒林外史》到《呼啸山庄》，杨苡与兄长杨宪益、爱人赵瑞蕻共同推动了中文与世界的对话。他们对翻译事业的坚守，也让众多文学经典如种子般在不同文明的土壤里落地生根，绘就了中国文学翻译事业最初的图景。

岁月荒唐，人心易变。可不管生活如何，她始终没有擦去乐观的性格底色。

杨苡先生让人明白了什么叫作见过世面，那就是见过最好的，也承受过最坏的。她说，杨家人最骄傲的是，在任何突然来临的事故甚至劫难出现时，都能做到猝然临之而不惊，无故加之而不怒。或许正因为如此，杨家人总比旁人更长寿一些。

1999年，杨苡送走了丈夫赵瑞蕻。2005年，巴金也告别人世，临终前他给予杨苡的最后叮嘱依旧是"多写"。2009年，素来疼爱她的哥哥杨宪益也因病去世。在漫长的一生中，她见证了时代的变迁，也亲历了同辈挚友亲人先后离去的痛楚。但她仍旧天真乐观地活着，认真地写着，以怀念生命中最重要的那些人和那些事。

晚年的杨苡先生，住在南京大学家属区的院落中。每当有客人来访时，她总会像年轻时那样，认真描上眉毛，仔细涂上口红。她喜欢热闹，不大的客厅里总是高朋满座，每当有人问起那些已经斑驳的旧人旧事，她总是微笑着娓娓道来，只是有时说着说着，眼中便会显出几分难掩的落寞，似降了一场雪，悄无声息，却越落越深。

她的书房前生长着繁茂的石榴树和蜡梅树，每当微风拂过，那树上挂着的浅蓝色的风铃便会发出阵阵清脆的声音。直至晚年，她依旧是那个不曾被岁月打垮的天真少女。

她会在简陋的木桌上铺一层白底花纹的桌布，会在柜子上摆满最喜欢的洋娃娃，会用收音机播放那首轻快的 *You Are My Sunshine*。在节奏舒缓的旋律中，她一边靠在躺椅上，一边怀念着那些山河故人……

如花在野 温柔热烈

张爱玲

1920——1995

她像词牌里
无解的音格

张爱玲

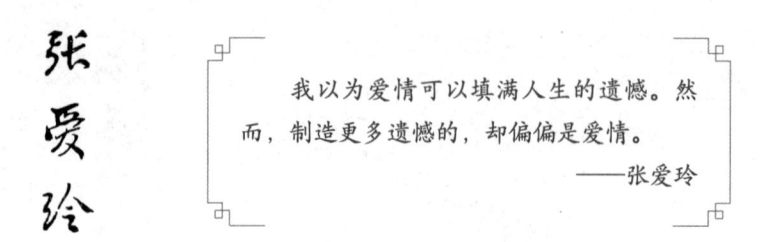

> 我以为爱情可以填满人生的遗憾。然而，制造更多遗憾的，却偏偏是爱情。
> ——张爱玲

她是民国时期最当红的天才女作家，但也有人说她是最不幸的女人。

她七岁开始写小说，十四岁改写《红楼梦》，二十三岁名震上海滩。她旁若无人地活，肆意妄为地爱，最后又悄无声息地离开。

作为文学史上的一个异数，张爱玲以她的早慧提前洞悉了人性与世间的荒诞。她不拘一格，遗世而独立。

孤独的人有自己的泥沼

张爱玲是名门之后，她的外曾祖父是晚清重臣李鸿章，祖父是清末名臣张佩纶。家世显赫、生活优渥的她，本应做个无忧无虑的大小姐，然而不幸却像细密的藤蔓，爬满了她的童年。

张爱玲的父亲张志沂没有继承半点祖辈风骨，是个不折不扣的败家子，没几年就将祖产挥霍一空。张爱玲的母亲黄逸梵同样出身名门，却是个新派女性。夫妻二人因三观不合，经常争吵不休，最终在张爱玲四岁时，母亲再也无法忍受，毅然离开了张家，远渡重洋，追寻新的生活。

后来，父亲在张爱玲十四岁时，迎娶了后母孙用蕃，她性格乖戾，为人强势。本就有些孤僻的张爱玲，觉得后母就是她的梦魇。

张爱玲从小就爱美，她说："八岁我要梳爱司头，十岁我要穿高跟鞋。"然而，继母待她刻薄，很少给她买新衣服穿，只让张爱玲拣自己穿剩的衣服。她记忆最深的是那件继母穿过的薄棉袍，那暗红色如碎牛肉一般，她却不得不每天穿在身上，闻着继母留在上面的恶心味道，羞耻感在她的心里一点点生长发酵。她变得越来越自卑，不敢与人交往，把自己封锁起来，渐渐成为一个孤僻的人。

随着继母的介入，张爱玲与父亲的关系也变得愈发疏远。最让她难过的是，每次与后母发生矛盾，父亲总是站在后母那边，这让本就缺爱的张爱玲内心更加敏感与孤独。

她曾在《流言》中，记录了导致父女决裂的那场冲突。

张爱玲到母亲家住了两个星期，回来后继母发难，甩手打了她一个耳光。她刚想还手，继母却诬赖她打人，并添油加醋地告诉父亲。父亲怒气冲天，对张爱玲拳打脚踢，顺手操起一个花瓶砸向张爱玲。张爱玲叫嚷着要报警，父亲干脆把她反锁在房间里。其间，张爱玲得了严重的痢疾，但父亲既不请医生，也不买药，张爱玲对这个家彻底心灰意冷了。

在一个漆黑的夜晚，十七岁的她冲出铁门，逃离了这座困住她整个少女时代的囚牢。然而父亲的伤害如同在她心上划开一道无法愈合的口子，鲜血汩汩直流，染红了她的余生。她像只累极的鸟儿，暂歇在姑姑的公寓里。

在家的那段痛苦的经历，牢牢生长在她的梦魇中，成为她一生挥之不去的阴霾。

后来，张爱玲投靠了回国的母亲，然而，母亲带给她的伤害不亚于父亲。

1938年，张爱玲以第一名的成绩考入了英国伦敦大学，却被日军的炮火阻断了行程，她只好转入香港大学念书。

母亲没有收入，靠变卖嫁妆生活，母女二人的生活压力并不小。为了省钱，张爱玲在学校里面吃最便宜的饭团，走很远的路去补课，但她学习成绩出奇地好。

历史老师知道了她的家境，自掏腰包给她八百元作为奖学金。

张爱玲高兴极了,将此事告知母亲,没想到第二天,这笔钱就被母亲打牌输掉了。这笔足以支撑她一学期生活和学习的钱,竟被母亲打牌输掉了。母亲的自私如一根刺,深深地扎进了张爱玲的心里。

后来战事越来越频繁,张爱玲走投无路之际写信向母亲要生活费,母亲却说:"如果早点嫁人的话,就不必读书,用学费来装扮自己;如果继续读书,就没有余钱兼顾衣装上了。"

那段时间,张爱玲过得非常艰难,她只能挨家挨户地给杂志社投稿,靠着微薄的稿费来养活自己。所以,她后来在文章里写道:"哪怕是父母的财产和遗产,也不如用自己赚来的钱自由自在,良心上非常痛快。"

后来,张爱玲凭借《沉香屑》《倾城之恋》和《金锁记》,在短短两年间就红遍了整个中国。这时,她又喊出了那句流传甚广的名言:"出名要趁早。"的确,没有人比她更清楚,越早获得经济独立,便能越早实现人格独立。

祝你梦醒,祝我革新

为了减轻母亲的负担,改善自己生活,完成学业,她努力争取奖学金,同时写稿赚钱。一言难尽的苦涩与辛酸吞噬着她的青春,也逼迫她迅速从稚嫩脆弱走向独立。人生仿若一片望不到尽头的苦

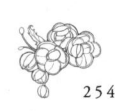

海，如果说哪里还有一丝甜味，也许就剩下爱情了。

那一年，二十三岁的张爱玲邂逅了胡兰成。

彼时，张爱玲已经有了非常多的读者，而胡兰成正是其中一位。他主动上门拜访，说他爱上了张爱玲。经过一段时间的接触后，张爱玲觉得胡兰成是能够懂她的人，但后来发现胡兰成已经有妻子了，于是她果断拒绝。然而胡兰成依然死缠烂打，甚至主动离婚，专心追求张爱玲。

后来，二十四岁的张爱玲与胡兰成结婚，即便没有婚礼，她也依旧心满意足。她说："遇见他，我变得很低很低，一直低到尘埃里去。但我的心是欢喜的，从尘埃里开出花来的。"

张爱玲的心被胡兰成的风流倜傥与温柔细致虏获，可深陷情网的她却不知道，这是一桩并不匹配的婚姻。胡兰成大张爱玲十四岁，在风月场上厮混多年，桃色新闻不断，身边好友都不看好他的人品。也有很多人替张爱玲不值得，觉得惋惜。张爱玲不予回应，只在《半生缘》中间接写下："你问我爱你值不值得。其实你应该知道，爱就是不问值不值得。"

或许，刚开始在胡兰成的心中，张爱玲的确是最特别、最有才情的那一位。然而，当耳鬓厮磨的热情渐渐冷却，胡兰成的渣男本色也露出端倪。

抗战胜利后，人们到处抓捕汉奸，此前曾帮日本人摇旗呐喊的胡兰成怕被追责，便将张爱玲丢在上海，自己四处逃窜。可即便逃亡途中，他仍不忘沾染声色。张爱玲心中惦记逃亡在外的胡兰成，不远千里、翻山越岭地去寻他，却发现他竟和当地的一个寡妇厮混在一起。

忍无可忍的张爱玲思量再三，决定退出这场无聊的游戏。她将积攒的稿费和积蓄，全部寄给了胡兰成，两人从此分道扬镳。

张爱玲一生最恨不彻底，爱得不彻底，恨得不彻底，忘得不彻底，就连盲目都不够彻底。可此时伤痕累累的她，也只得叹息道："爱情，就是含笑饮毒酒。"

用世人萍聚，读写人世沉沦

爱情这杯毒酒，让张爱玲元气大伤，除了感情的创伤，还有名誉的损伤。抗战胜利后，"汉奸的妻子"却成了张爱玲一生甩不掉的标签。读者诟病这段婚姻，连带着开始排斥她的作品，导致她接连被几家报社退了稿子，事业跌入谷底，生活一度灰暗阴郁，不见光明。

就在她最狼狈的时候，电影导演桑弧出现了。当时，张爱玲除了写小说，还在写剧本，而桑弧为了剧本相关事宜，曾数次上门拜访。一来二去，两个人熟络了起来。相比上一段倾城之恋，这一段

感情的开始显得过于平静，甚至是平凡，但桑弧的关怀和体贴都是张爱玲从未得到过的。

可惜二人的关系遭到了桑弧家人的反对，最终桑弧另娶他人，张爱玲则去了美国。对于这段前尘往事，两人都绝口不提。桑弧终究是懂张爱玲的，他知道沉默就是对她最后的温柔。

到达美国后，三十六岁的张爱玲邂逅了六十四岁的三流作家赖雅。张爱玲不善家务，赖雅就每天为她做喜欢吃的饭菜，主动包揽所有的家务。张爱玲在赖雅面前可以做个无拘无束的女子，他给了她曾经从未拥有过的爱与包容。

半年之后，二人结婚了。

然而，幸福的生活没过几年，赖雅就中风瘫痪，丧失了自理能力。张爱玲一边照顾丈夫的生活起居，一边利用写作赚钱养家，直到十一年后赖雅去世。

此后，张爱玲一直孤身一人，过着极其简单的生活。有社交恐惧症的她，离群索居，就像童年时期一样，把自己关在一个简陋的小房子里，恨不得与世隔绝。

十七岁韶华灿烂的张爱玲曾满眼沧桑地说："生命是一袭华美的袍，上面爬满了虱子。"未曾想一语成谶，晚年的她患上了严重的皮肤病，也固执地认为那是跳蚤造成的。为了逃脱跳蚤的纠缠，她频繁搬家，每次搬家都要扔掉很多东西，最后只剩下一些必需品和衣物。她甚至剃光了头发，每次出门都戴着一头假发。当她去看医生时，医生给她的诊断结果却是心理问题。

1995年的一个中秋节，张爱玲平静地离开了这个世界。她似乎对自己的死亡早有预知，提前整理好了各种重要的证件和信件，装进手提包，放在靠门的折叠椅上，就这样冷静又坦然地迎接死亡。

很多人以为张爱玲晚景凄凉，无人问津，事实或许有些出入。除了身体状况和心理问题，她的生活绝对算不上糟糕。

晚年的张爱玲沉迷于侦探小说，还经常通宵看真人秀节目。她不怎么正经吃饭，喜欢去超市买蛋糕和冰淇淋吃，招待客人也用的是冰淇淋。闲来无事，她还会看一看港台书商有没有盗印自己的书，有的话就同他们打打官司。更有许多学者、书商、影视剧制作方想去拜访她，却都被她拒绝了。她主动地选择了与世隔绝，除了和少数友人偶有通信外，她的世界便只剩她一人。

张爱玲是否当真享受这种热烈的孤独，世人已无从知晓。不过，乱世佳人，临水照花，张爱玲从来都是一个独特而无解的女子。如陈子善先生所说，她永远带着俗世的烟火，又永远高不可攀。

如花在野

温柔热烈

张梅溪

1922—2020

那些爱情，从未老去

张梅溪

> 从粗粝的一生中，榨尽所有的温柔，悉数奉献于你，我仍觉不够。
> ——黄永玉

年少时，我们或多或少都曾相信过真爱必诞生于落差之间，也总是会为一些跨越悬殊、奔赴彼此的爱情故事而心动，可能是梁山伯与祝英台，可能是罗密欧与朱丽叶，也可能是某个不知名的江湖游侠和相府小姐。

某个寻常日子里，枕风宿雪的少年侠客信步街巷间，嘴里叼着叫不出名字的草叶，吹着跑调的乡间小曲。步子不快不慢，时间也不迟不紧，说不清是日光洒得刚好，还是春风来得正巧，总之一抬眼，便与那位偷溜出来捡风筝的大家闺秀撞了个正着。缘分就是如此玄妙，有时候一眼便能决定一生，从此任江湖再远，也走不出她落了雪的眉目。

后来，我们渐渐长大，终于将少年心性磨灭殆尽，也不再相信这世间真的存在至死不渝的誓言，再听到类似的故事，还会忍不住吐槽男主过于理想化，女主简直"恋爱脑"，齐大非偶长久不了。但是不管信与不信，在这个时代里，总有些爱情从未老去。

讨饭要嫁，私奔也要嫁

"我年轻时节衣缩食，在福州仓前山百货店买了一把法国小号，逃难到哪里都带着。刻完了木刻就吹吹号，冀得自我士气鼓舞。那时，我刚刚熟悉第一个女朋友，远远地看到她走近，我就在楼上窗口吹号欢迎。女朋友的家人不许她跟我来往，说：'你嫁给他，没饭吃的时候，在街上讨饭，他吹号，你唱歌。'"

中国版画大师、中央美术学院教授黄永玉先生，在《雅人乐话》一书中记录了他传奇的爱情经历，而文中提及的"女朋友"，正是后来与他携手走过一生的妻子张梅溪。张梅溪生于广东新会的军官之家，从小饱读诗书，长相秀美。

那时的黄永玉才刚踏入艺术界，还在江西的艺术馆里跑活，而张梅溪却是真正的千金小姐，出门随从十几人，追求者个个都家世显赫、气宇不凡。只能说命运就是这样不按套路出牌，看不见的红线将两个本该毫无交集的年轻人阴差阳错地牵在了一起。十六岁那年，梅溪小姐遇见了浪迹天涯的黄永玉。

不识愁滋味的少年，第一次感受到了心动的震撼以及随之而来的担忧、慌乱与克制不住的向往。于是，明眸皓齿的少女望着平素大大咧咧的黄永玉，听他憋了好半天才磕磕绊绊地挤出一句："我有一百斤粮票，你要吗？"

有人说，爱是从觉察到对方的可爱开始的。或许在某一时刻，张梅溪也觉得面前这位脸颊涨红、讲话磕巴的少年有几分可爱。而这样令人哭笑不得的开场，也注定了这段传奇爱情的不凡走向。

黄永玉是湘西人，湘西的青年男女喜欢用对唱山歌的形式传达彼此的心意。于是，他就借来一把小号，练了没几天，便每日等在张梅溪骑马的路上定点吹奏。那个时候黄永玉的小号吹奏水平究竟如何我们不知，不过至少让张梅溪注意到了这个有点儿浪漫又有点儿才华的穷小伙。

至于让两人感情升温的关键点，如今说起来也让人啧啧称奇。当时还是战争年代，有天晚上防空警报突然响起，两人恰巧跑到了同一个防空洞中躲避。等警报解除，二人来到河边散步，黄永玉借着月光，在河边向张梅溪表白道："如果有一个人爱你，你怎么办？"

张梅溪说："那要看是谁了。"

黄永玉问："那个人是我呢？"

张梅溪答："好。"

就这样，一段世纪之恋开始了。

但很快，这段门第悬殊的恋情就遭到了张梅溪父母的反对，张父还嘲讽道："你若嫁给她，没有饭吃的时候，你们就干脆上街去讨饭吧。正好他吹号，你唱歌。"

黄永玉不愿意让自己的爱成为心上人的负担，于是转身离开，继续流浪、寻求营生。但谁也没有想到的是，张梅溪竟卖掉了自己的首饰，偷偷离家，搭乘一辆货运车，独自一人来到江西赣州，寻找黄永玉。

这一次，好不容易相逢的恋人再也不肯放开对方的手，世俗的眼光再也无法阻止他们相爱。他们随即举办了简单却温馨的婚礼，许下了从此永不分离的誓言。

将军府的千金逃家下嫁流浪的穷小子，话本里的故事就这样在现实中上演了。黄永玉曾对妻子张梅溪说："我这一辈子，只谈一次恋爱。"他没有食言，挚恋一次，便真爱一生。张梅溪是他的第一个女朋友，也是他生命最后的爱人。

我们相爱已经十万年

婚后，黄永玉坚持做木刻版画，张梅溪则打零工养家。在妻子

的鼓励和陪伴之下，黄永玉创作的木刻《春潮》《阿诗玛》轰动了整个中国画坛，他也从当年的穷小子变成了中国最出名的画家之一。新中国成立后，黄永玉设计的一张面值八分钱的猴年生肖邮票，如今已经升值到一百五十万元。黄永玉一生有很多的头衔和传奇，但他却说，自己最棒的头衔是"张梅溪的丈夫"。

或许，真爱总要经历命运的一些考验，才能不朽。在生活的风浪真正平息前，这对恋人也携手共度过一段风雨飘摇的日子。在那段特殊的岁月里，黄永玉仍坚持每晚作画，张梅溪就守在窗边替他放风，一听到有响声，就立刻让他把东西收起来。这位出身名门的千金小姐一边熟练地操持着家务，一边鼓励丈夫永远不要灰心，她用坚韧与傲骨扛起了所有，成为整个家的精神支柱。

不久后，全家人搬进了一间摇摇欲坠的老房子里，土渣从天花板上掉下来，墙壁上也尽是斑驳的砖石，房子里没有窗户，白天也昏暗无光。张梅溪在接二连三的打击和糟糕的生活环境中病倒了。为了哄妻子开心，黄永玉在墙上画了一扇窗户，窗外草木茂盛、鲜花盛开，还有明亮的太阳。他还偷偷写了一首名为《老婆呀，不要哭》的诗，安慰张梅溪：

我们在孩提时代的梦中就相识

我们是洪荒时代在太空互相寻找的星星

我们相爱已经十万年

张梅溪曾是儿童文学作家，但那段时间，她承担起全部的生活琐事，只能暂时搁笔。她要做饭、洗衣服，还要负责将针管放在锅里煮沸消毒，定点去给黄永玉的表叔沈从文打针。他们住的老房子里没有水龙头，她便每天拎着桶出去打水。北京的冬天太冷了，张梅溪从外面拎水回家，到家时水已经冻成了冰，根本没法用，她却不焦不恼地点上一支蜡烛，把冰反扣下来，说："看，冰灯！"于是，一家人兴奋地围着冰灯笑了起来。

真正的艺术者大抵如此，他们拥有将琐碎的生活拼凑成诗歌的能力，即便身陷泥潭仍不忘抬头仰望星辰，只要心有桃源，柴米油盐与琴棋书画就并无不同。

张梅溪喜欢唱歌，喜欢花，喜欢漂亮美好的一切，她最喜欢的还是下雨天。每个下雨天都像节日，她会带着女儿上街，去稻香村买二两排叉，母女二人一起吃点心，一起踩水，一起庆祝这个下雨天。

女儿黄黑妮后来回忆起那段艰难的岁月，总觉得父母好像跟这

个世界脱节了一样。他们好像不懂得忧愁,就像热恋中的年轻人,每个星期都要约会,手牵手去大会堂跳舞,一起看电影。自她有记忆以来,家里一直有花,有妈妈的歌声,无论外面的世界如何纷扰,只要回到家,她就会觉得不管怎么样这都是极好的一天。

我们的爱情,永不老去

黄永玉和张梅溪的故居位于北京大雅宝胡同,门前有一个葡萄架,但是葡萄架很矮,只有一米六左右。身高一米七五的黄永玉先生,每天只能弯着腰进出。原来,因为张梅溪身材娇小,身高只有一米五五,黄永玉在搭建葡萄架的时候,刻意选择了最合适妻子的高度,这棵并不高的葡萄藤见证了他们相濡以沫的春夏秋冬。黄永玉先生曾经写道:"人生最幸福的事,就是小屋三间,坐也有我,站也有我;老婆一个,左看是她,右看是她。"

"赌书消得泼茶香",于李清照或纳兰性德而言是要用尽后半生去回忆的一个瞬间,而这个瞬间却被张梅溪和黄永玉轻易过成了永恒。结婚五十周年时,黄永玉特意买了一把小铜号,吹给张梅溪听。他随口说出一句上联:"斟酒迎月上。"正当一众老友思索下联的时候,张梅溪笑盈盈地对答道:"泡茶等花开。"

常言道:"愿得一人心,白首不相离。"然而白首的另一面是无法逃避的衰老和死亡，显然黄永玉和张梅溪都不喜欢这种充满悲剧意味的观点。他们买了一辆红色的敞篷跑车，不时出门兜风，决心要做北京城最洋气的老夫妻。

人生与故事一样，总要有个终点。2019年底，新冠疫情在全球爆发时，张梅溪由女儿陪伴在香港的医院疗养，黄永玉则居于北京。因交通受阻，无法相见，黄永玉就坚持给张梅溪打电话，可是由于年纪大了，二人听力都不大好，隔着电波更是难以听清彼此的话语，于是他们就写信。两个九十多岁的老人照样要将恋爱谈得轰轰烈烈，他们在同一个笔记本上写下给对方的话，笔记本的边角画了一只小狗和一只小猫笑眯眯地手拉着手。女儿在香港、北京两地飞，负责给两个老人传递情书。

晚年的张梅溪忘记了很多事，黄永玉就把他们的故事写进了小说里，再由女儿在病床前为张梅溪朗读。每当读到最初的相识，读到他们的十几岁，张梅溪就会从昏睡中短暂地醒过来，想起那时的细节，忍不住笑了起来，那笑容里仍可照见少女时的光彩。她已经没办法握紧笔，落在本子上的字也歪歪扭扭，不同的段落常常叠在一起，可收到信的黄永玉却看得认真。

直到2020年5月，一则消息才从香港传来。北京的家里很安静，旧烟斗整齐地摆在柜子上，小猫窝在沙发上晒太阳，房间里摆满了花，一如女主人喜欢的那样。黄永玉工工整整地写了一张纸条，这是他写给张梅溪的最后一封信：

> 梅溪于今晨六时三十三分逝世于香港港怡医院，享年九十八岁。多年的交情，因眼前的出行限制，请原谅我们用这种方式告诉您。

这封如情书一般的讣告，写满了深情与温柔，一如他曾对妻子说的那样："从粗粝的一生中，榨尽所有的温柔，悉数奉献于你，我仍觉不够。"

身边的人都能看得出黄永玉的伤心，但没有人见到他哭。他请人把张梅溪十五岁的照片装在相框里，放在每天都能看得到的地方。至于剩下的时间，他还是一如往常，早上画画，中午写字，晚上抱着小猫看电视。他还是喜欢讲笑话，讲梅溪遇到小混混，两人一起去教训他们，把人吓跑后便相对着笑弯了腰。他最喜欢讲第一次见到的梅溪，讲她穿着的那条白色裙子，讲她在房间里和着钢琴伴奏唱起的那首 *Ave Maria*……

这个故事他讲了很多遍，却总也讲不完。因为每讲到这里，他就停下来，仰头望着天花板，盯着灯光发呆，不再说话，皱纹却渐渐舒展开来，或许是在回忆里见到了谁。

2023年6月，九十九岁的黄永玉先生去世。他生前曾说："我走后连骨灰都不要留，你若想我，就看看天，看看云。"

在这个时代，人们常常迷茫，爱情究竟是什么？是不随斗转星移交替的永恒，是立枇杷树于庭前的默然，还是看天是你、看云也是你的凝望……是，也不全是。也许，有一种爱情由奔赴千里的勇气、扛起所有的坚韧和至死不渝的思念组成，而这样的爱，从不曾老去。

图书在版编目（CIP）数据

如花在野　温柔热烈 / 赵健著. -- 广州 : 广东人民出版社, 2024.8. -- ISBN 978-7-218-17836-3（2024.9重印）

Ⅰ. I247.81

中国国家版本馆CIP数据核字第2024JY9289号

RU HUA ZAI YE WENROU RELIE
如花在野　温柔热烈
赵健　著

版权所有　翻印必究

出 版 人：肖风华

责任编辑：钱飞遥
策划编辑：周　秦　李　娜
责任技编：吴彦斌
监　　制：黄　利　万　夏
营销支持：曹莉丽
特约编辑：曹莉丽　鞠媛媛　隗梦嫃
装帧设计：紫图图书ZITO®

出版发行：广东人民出版社
地　　址：广东省广州市越秀区大沙头四马路10号（邮政编码：510199）
电　　话：(020)85716809(总编室)
传　　真：(020)83289585
网　　址：http://www.gdpph.com
印　　刷：艺堂印刷（天津）有限公司
开　　本：880mm×1230mm　1/32
印　　张：9　字　数：140千
版　　次：2024年8月第1版
印　　次：2024年9月第2次印刷
定　　价：59.90元

如发现印装质量问题，影响阅读，请与出版社(020-87712513)联系调换。
售书热线：(020)87717307